Zophiel

Tome 2

Lucas

Melly Trouillon

Zophiel Tome 2 - Lucas

Roman

Auto-édité

© 2024 Melly Trouillon

Édition : BoD – Books on Demand, info@bod.fr

Impression : BoD – Books on Demand, In de Tarpen 42, Norderstedt (Allemagne)

Impression à la demande

Illustrations : Canva et Nightcafé

ISBN : 978-2-3225-3857-7
Dépôt légal : juin 2024

Aux histoires improbables,

à celles qui nous surprennent et

celles qui apaisent dans

des océans de tendresse.

À tous les amoureux de l'amour !

PROLOGUE

J'avoue être tombé sous son charme dès le premier regard. Sa maladresse et son air tellement désolé m'ont autant énervé que touché. Je suis Lucas et je suis tombé amoureux de Zophiel ainsi que de ses problèmes. Notre relation a toujours été compliquée par son meilleur ami qui l'aime et par mon ex qui voulait la tuer. Nous avons enfin réussi à trouver notre équilibre, heureusement pour ma santé mentale. Je pensais que tout allait bien entre nous, mais c'était sans savoir qu'elle avait pris la fuite pour le Japon. Elle m'a laissé dans son sillage un test de grossesse positif et le bristol de cet emmerdeur d'Alexandre. Je suis dévasté par sa trahison. Vais-je réussir à la faire revenir ? Va-t-elle enfin réussir à faire un choix ?

Lucas

CHAPITRE 1

Je suis comme un fou, je tourne dans la cuisine, le test de grossesse à la main. Zophiel est enceinte ! Je n'arrive pas à croire que je l'apprends ainsi et qu'elle est partie rejoindre ce connard ! Je claque le test en le posant sur la table. Serpentard, mon chat, est perché sur cette dernière et m'observe intrigué par ma colère. Il est assis, la tête penchée sur le côté, je le fixe et je mettrai ma main à couper qu'il veut que je lui raconte ce qu'il se passe. Je m'assois et pousse un soupir qui me fait monter les larmes aux yeux. Mon chat vient jusqu'à moi, se couche sur le dos et passe ses pattes sur mon visage. Je le grattouille sur le ventre et il ronronne. Il faut que je me calme avant d'essayer de la joindre. Je regarde l'heure, cela fait une heure que ma colère me consume de l'intérieur. Zophiel doit être encore dans l'avion, cela ne sert à rien de l'appeler. Combien dure un vol vers le Japon ? Je me détourne de ma boule de poil et je troque mon costume pour un survêtement. Je vais calmer mon anxiété à la salle.

Je cours sur le tapis roulant à un rythme effréné, rien ne pourrait m'arrêter. Les écouteurs sans fil dans mes oreilles, j'enchaîne les kilomètres et ma tête se vide complètement. Mes jambes commencent à me brûler sous l'effort, mon débardeur est marqué par la sueur, mais au lieu de ralentir, je me tape un sprint sur les derniers mètres puis je diminue la cadence jusqu'à me stopper. La colère est encore là, tapi dans mes entrailles, je la sens prête à surgir, je pousse un râle désespéré. J'attrape ma serviette posée sur la machine et m'essuie le visage, le cou et les bras. Je me dirige lentement vers le sac de frappe. Il y a déjà deux gars qui sont dessus. L'un le maintient pendant que l'autre frappe, gauche-droite, gauche-droite. J'observe sa technique, il a de l'expérience, ça se voit. Je bois une gorgée d'eau dans ma gourde en attendant que les types finissent leur séance. Quelqu'un me tapote sur l'épaule et je me retourne pour découvrir Marc. Ce gars est une montagne de muscles. Mon pote de FAC m'analyse les sourcils froncés et il a l'air en pétard. Je retire mes écouteurs.

- Alors mec, ça va ?
- C'est à toi qu'il faut demander ça.
- Tout roule, dis-je en regardant le sac de frappe occupé.
- Il t'a fait quoi le tapis de course ? Je crois qu'Antoine va devoir le changer. Tu as fumé le revêtement, me lance-t-il en se marrant.

Je soupire, tourne le dos à Marc pour me diriger vers les douches. Je sais pertinemment qu'il ne me lâchera pas. Ce type peut lire en moi comme dans un livre ouvert. Il me connaît mieux que personne. J'arrive dans les vestiaires et jette un coup d'œil par-dessus mon épaule, bien sûr, il m'a suivi.

- Tu veux venir te laver avec moi, mon petit Marcou, dis-je pour faire diversion.
- Dans tes rêves, beau gosse. Alors crache le morceau.

J'entre dans les sanitaires, aussi nu qu'un vers, Marc m'a déjà vu à poil et je ne suis pas pudique. Je commence à me frotter et prends tout mon temps. Mon pote me tourne le dos assis sur un banc en plastique. Un sourire étend mes lèvres en imaginant ce Hulk écrouler le siège et se retrouver le cul par terre. Je finis de me laver et m'habille tout aussi tranquillement. La patience de Marc est légendaire et la mienne atteint déjà ses limites. Il faut que je crache le morceau si je ne veux pas qu'il me poursuit jour et nuit.

- Tu vas t'entraîner ?

- Changement de programme, je vais boire une pinte avec mon pote.

Je ne réponds rien, je souris à Marc et chacun récupère son sac avant de sortir de la salle de sport. Le frais me saisit et me fait sentir vivant. Je pose mon attirail dans ma voiture et le rejoins dans le bar qui jouxte la salle de torture. Je m'installe en face de mon ami Hulk et nos pintes sont très vites sur la table. Nous buvons la première en silence et observons les gens autour. Zophiel me manque, les larmes piquent mes yeux et je termine ma bière avant que celles-ci coulent. Marc, nous commande une deuxième et cette fois-ci avant que le serveur arrive, il plonge son regard marron dans le mien. Je n'y échapperai pas, il ne me dit rien, il me laisse venir à lui, mais l'intensité de son attention me prouve qu'aucune fuite ne sera possible. Je me livre à lui entièrement, sans retenue et sans rien omettre. Je ponctue mon récit d'un coup de poing sur la table marquant mon agressivité et mon dégoût pour Alexandre. Les personnes qui nous entourent me jettent un regard et ils doivent certainement se demander si une bagarre va exploser entre le tas de muscles et moi. Je baisse d'un ton, mais la colère revient de plus belle. Mes heures à la salle de sport ne m'auront été utiles que très peu de temps. Je bois ma bière sous le regard inquiet de mon compagnon silencieux. Je m'éclipse pour aller vider ma vessie. J'essaie encore de comprendre pourquoi Zophiel a choisi cet abruti plutôt que nous. J'essaie de lui trouver des excuses, mais aucune ne me semblent pardonnables. Tout à mes pensées, je rentre dans un mec qui me renverse son verre dessus. La colère qui pulse dans mes veines éclate. Je l'engueule et le type reste pantois. Il fait facilement une tête de plus que moi et la carrure d'un rugbyman. Il ne dit rien et me jauge m'agiter tel un moustique. Je l'insulte et Monsieur muscle croise les bras. Le mélange alcool et sentiments négatifs me tournent la tête. Ma colère se transforme en rage en fusion et sans réfléchir aux conséquences, je lui colle une droite. Le gars n'a même pas bougé d'un pouce et cela termine de me faire péter les plombs. Je me déchaîne sur lui comme sur un sac de frappe et il essaie de m'agripper les poignets pour me stopper. La fureur m'aveugle complètement, je suis insaisissable et si au début, il évite mes coups, il finit par me les rendre. Je n'ai aucune chance contre ce mastodonte, mais je m'en contre fou. Je ne veux pas gagner, je veux évacuer la tristesse, l'angoisse et la rage qui me broient les tripes. Je veux que la douleur de ses coups face taire mon cœur qui se brise. Je sens que le type retient ses coups, alors je me sers de mon désespoir pour taper plus fort. Intérieurement, je le supplie de me mettre K.O et qu'il fasse taire ce supplice qui ronge mes entrailles. Deux mains m'attrapent, mais je leur échappe par la force de la détresse. Je cogne le mec qui m'attrape les poignets et me retourne comme une gaufre. Mon dos est contre son torse, je me débats, mais il me colle une claque sur la tête et me bloque contre lui. Je me retrouve face à mon pote et ses yeux me lancent des éclairs. Les larmes menacent de surgir, mais il serait inconvenant de les laisser faire. J'ai le souffle court, le cœur en miette, mon ego est parti faire un tour et j'ai cette fureur qui brûle toujours en moi. Je donne un dernier coup de pied au mec qui me colle une nouvelle tarte sur la tête. Je me sens comme un gamin prit en faute. Marc lui fait signe de me lâcher et j'en profite pour lui donner un coup de poing. Putain, frappe mec, défends-toi, mais ce sont les grosses mains de mon pote qui m'attrape assez violemment. Je grogne et il m'attire vers notre table. Je prends mes affaires restées à notre place et sort en titubant sans me retourner. Mon comportement est puéril et idiot, mais putain ce que je souffre. J'ai mal dans mon âme et mon corps, Zophiel me hante et rien n'atténue cette putain de détresse qui me colle à la peau. Je monte dans ma voiture et je vois que Marc me regarde bizarrement en s'approchant de moi.

  - Tu vas me dire que tu es en état de conduire ?
  - Tu vas me dire que tu as la capacité de conduire mon bolide ?

Mère-Poule soupire et sort son téléphone pour m'appeler un taxi.

J'ouvre la porte de la maison et Serpentard en profite pour filer. Je ne lui en tiens pas rigueur et referme la porte derrière lui. Je soupire en remarquant qu'il est déjà tard ou alors tôt, je ne sais plus. Un mal de tête me vrille le crâne, je passe une main sur mon front et je grimace. Du sang presque séché me tache les doigts. Je grogne et passe à la salle de bain voir l'étendu des dégâts. J'aurai de beaux bleus demain en me levant. Je désinfecte sommairement tout ça et me dirige vers le bar du salon. Je me sers un grand verre de whisky et m'affale dans un fauteuil. À quelle heure est parti le vol de Zophiel ? Je prends mon ordinateur portable et je fais une recherche pour connaître les derniers vols vers le Japon. Je me lève et recherche les lettres de cet enfoiré que Zophiel place dans le tiroir du meuble de la cuisine. Je regarde l'adresse au dos et emporte une enveloppe. Le plus direct, c'est d'arriver à Osaka. Je retourne à mon ordinateur, avale une rasade de whisky et je recherche les derniers vols vers cette destination. Je reste stupéfait en découvrant les 13 h de vol. J'attrape mon téléphone et compose le numéro de Zophiel, je tombe directement sur la messagerie. Je le repose et j'en déduis qu'elle est encore en vol. Elle devrait donc arriver demain à 10 h 08. Je bois mon alcool d'une traite et m'en sert un autre plus généreux. Mon œil me fait mal, je pose mon verre froid dessus. Je me sens lamentable. Je cours après cette femme qui court après son meilleur ami, enfin en ce qui concerne Zophiel, rien est sûr. C'est irrationnel ! Je bois encore une gorgée d'alcool qui me brûle la gorge, mais je l'ignore. Je n'aime pas vraiment cette boisson, j'ai pris l'habitude de la boire pour les affaires et c'est la seule qui fera en sorte que je l'oublie l'espace de quelques heures et que je dorme. Voulant abréger mes souffrances, je termine mon verre et me lève pour chercher la bouteille. Mes appuis sont de moins en moins stables et je me sens un peu, voir beaucoup, ivre. J'attrape l'objet de mon désir et dirige le goulot à mes lèvres. La sonnette retentit me faisant sursauter et un filet de whisky coule de mon menton pour s'échouer sur mon haut. Je l'essuie du revers de ma manche et me dirige vers la porte d'entrée. Je l'ouvre et tombe nez à nez avec des yeux chocolat passablement énervé. Je ne prends pas la peine de lui dire quelque chose. Je laisse la porte ouverte et reporte mon attention sur la bouteille que je tiens. Je la vide encore un peu quand Marc me l'arrache sans ménagement. Je le foudroie de mon regard le plus noir et m'effondre sur le fauteuil. Mon ami me suit et se pose en face de moi sur le canapé. Il prend toute la place, il passe une jambe par-dessus l'autre et ses mains sont posées délicatement sur sa nuque. Serpentard sorti de nulle part saute sur ses genoux, Marc ne moufte pas. Il me fixe attendant certainement des excuses. La tête me tourne légèrement et je l'appuie sur l'appuie-tête. Je suis avachi et plus rien n'a d'importance. Cette douleur incessante, écrasante me rappelle sans cesse qu'elle est partie comme ça, d'un claquement de doigts. Je ne suis qu'un sombre idiot, un imbécile qui n'est pas capable de garder sa copine qui plus est, enceinte. Je ferme les yeux pour tenter de retenir ses traîtresses de larmes qui finissent quand même par couler. Le cœur en cendre et les tripes en marmelade, je souffre.

J'aimerais hurler, frapper et tout casser avec l'énergie du désespoir, mais celle-ci me fuit, elle aussi. Mon regard croise celui de Marc et j'y vois de la pitié, peut-être de la peine et cela rend la situation encore plus insoutenable. Je ferme les yeux, laissant couler un peu de ma tristesse de mes yeux.

Je me réveille avec les rayons du soleil qui filtrent les rideaux de ma chambre. Il me faut un instant pour me rendre compte que je ne suis plus dans le salon. Je suis toujours habillé, Marc n'a pas poussé le vice à retirer mes fringues, heureusement sinon ça aurait été gênant. Je souris à cette pensée incongrue. Je pue et cela me dégoûte. J'entends du bruit dans la cuisine, Mère-poule doit-être resté pour la nuit. Je cherche mon téléphone et ne le trouve pas. Je me lève à toute allure et je déboule dans la pièce, faisant peur à mon pote. J'attrape mon mobile, essaie de l'allumer en vain, plus de batterie. Je soupire, il faut que je me calme.

- Hey, ça va Lucas ?
- Mouais. Tu es resté là toute la nuit ? Une vraie mère poule, me moqué-je.
- Sombre crétin, tu pues pire qu'une pute après une nuit de tapin et je ne te parle pas de ton haleine de chacal. Va prendre une douche, je te sers un cappuccino.

Je lui lance mon majeur et retourne dans ma chambre mettre mon portable en charge. Marc a toujours été bienveillant à sa façon. Il n'est pas qu'une montagne de muscles, il a aussi un cœur tendre et à prendre. Ce mec est toute ma famille en dehors de ma sœur, Olive. Il a invariablement été là pour nous avec sa présence et aussi son argent. Marc est comme le frère que je n'ai pas eu, un ange gardien envoyé par le ciel. J'entre dans ma salle de bain, secouant la tête, et tout me fait penser à elle. Son sèche-cheveux resté sur le bord du lavabo, sa serviette qui sèche, je soupire. Je retire mon pantalon noir de costume froissé, ma chemise ruminée par une vache que j'avais enfilée après ma douche à la salle Mon boxer noir et mes chaussettes blanches rejoignent le reste dans le panier à linge sale. Je rentre dans la douche sans faire couler le robinet. L'eau froide me surprend et j'espère qu'elle va nettoyer mes pensées. Je suis un homme, je dois être fort pour reconquérir la femme qui m'a volé mon cœur. Je vais massacrer ce connard et récupérer femme et enfant. J'attends que l'eau devienne plus chaude et commence à me savonner. L'odeur de mon gel douche m'apaise, la mandarine envahit la salle de bain. Si mon cerveau tourne à plein régime, mes muscles se détendent et j'arrive peu à peu à me relaxer. Je ferme les yeux et Zophiel se matérialise devant mes paupières. Je les ouvre précipitamment et sors de la douche.

Je suis attablé avec Marc dans la cuisine, un cappuccino entre mes mains et une assiette de viennoiseries entre nous. Ma jambe tressaute d'impatience, il me devient difficile de rester calme. À chaque fois que je veux me lever pour appeler Zophiel, mon ami m'ordonne de m'asseoir. Je pourrais y aller quand même, mais je suis certain qu'il me plaquerait au sol avant que je sorte de cette maudite cuisine. Je bois mon cappuccino en rongeant mon frein, je ne peux rien avaler. Ma nouvelle mère-poule surveille mes faits et gestes comme le lait sur le feu. Je lui souris, espérant qu'il sorte d'ici, mais c'était sans compter sur la fidélité sans faille de mon ami.

- Tu comptes la rejoindre, partir au Japon ?

Je le dévisage complètement ahuri parce qu'il me dit. Je n'avais jamais envisagé cette possibilité. Je prends le temps d'y réfléchir, mais Marc me coupe dans mes réflexions.

- Je connais cette expression, dit-il calmement en sirotant son café. Tu n'iras pas, tu ne vas pas courir après cette gonzesse. Elle reviendra. Tu fais assez de conneries, tu mets ton entreprise en péril. J'ose imaginer les retombées médiatiques s'il y avait un journaliste dans le bar. Tu es inconscient Lucas, il faut que tu te bouges !
- Je n'ai rien demandé, soupiré-je honteux.
- Pas la peine, mec.
- Tu vas rester encore longtemps, dis-je impatient qu'il parte.
- Tu vas encore picoler comme un ivrogne et chercher la merde avec tout le monde ?

Je le dévisage et je me rends compte qu'hier, j'ai bien merdé et surtout que tout cela ne me ressemble pas. Je n'aime pas me servir de mes poings, seulement sur un sac de frappe. Je bois une nouvelle gorgée de mon nectar trop noir à mon goût et laisse éclaté ma colère.

- Je souffre bordel, j'aurais voulu que ce mec me frappe à perdre connaissance, qu'il use de sa force pour faire taire cette putain de souffrance. Putain Mère-Poule, je me désintègre de l'intérieur, je…

La sonnerie de mon portable m'interrompt à l'autre bout de la maison. Je me lève et cours jusqu'à ma chambre pour le récupérer. Mon cœur rate un battement quand je vois son nom apparaître sur l'écran. Je n'ai pas le temps de répondre que la sonnerie s'arrête. Je déverrouille mon mobile et il se remet à sonner, je manque de le lâcher par la surprise et réponds sans même aviser qui m'appelle.

- Zophiel !

Un silence me répond et je regarde l'écran de mon téléphone. C'est bien elle, j'attends, lui laissant le temps de rassembler ses idées et le temps de calmer mon cœur qui bat la chamade.

- Je suis vraiment désolée murmure-t-elle.
- Ce n'est pas grave ma chérie, ce n'est rien, je t'attends, il faut que tu rentres.

Des sanglots me parviennent et je passe des doigts nerveux dans mes cheveux en les tirant un peu. Marc apparaît et s'appuie sur le chambranle de la porte. Pourquoi pleure-t-elle ?

- Quoi que tu as pu faire avec ce crétin n'a pas d'importance, tu n'es pas obligé de ….
- Je ne vais pas rentrer. Je ne peux pas, il …
- Putain, Zo, monte dans un putain d'avion et rentre. Je t'en supplie.

Elle ne répond rien, je l'entends respirer vite, mais rien d'autre. La souffrance me broie tout entier et je ne peux rien contrôler. Les larmes me montent aux yeux et glissent sur mes joues. Je lui en veux à elle et à son connard de meilleur ami. Ils sont égoïstes ! Les secondes s'écoulent et ma souffrance se mut en rage incontrôlable.

-Zophiel, tu portes mon enfant. Je t'ordonne de rentrer, je hurle malgré les sanglots qui m'étouffent. Je veux que tu rentres ! Je veux VRAIMENT que tu sois là.

Je me fais penser à un môme qui implore sa mère de rester auprès de lui. Je me dégoûte et je la déteste pour ce qu'elle m'inflige. Elle brise le silence et mon monde s'écroule un peu plus.

-Je ne peux pas. Il a besoin de moi, aujourd'hui c'est lui que je choisis. Lucas, je t'aime et cela ne change rien. Lucas, pardonne-moi, murmure-t-elle.

Le téléphone tombe à mes pieds, mes oreilles bourdonnent, je n'entends plus Zophiel. C'est lui qu'elle choisit, c'est lui et pas moi. Je marche sur mon cellulaire et laisse exploser ma déception que dis-je ma rage, en cassant tout dans la chambre. Je cogne dans les murs, casse une lampe, brise une vitre de la fenêtre et les deux bras de Marc finissent par me ceinturer. Les larmes m'étouffent m'empêchant de respirer normalement. Sa phrase tourne dans ma tête " C'est lui que je choisis". Je me débats, hurle que je vais l'assassiner, que je vais lui péter sa tronche arrogante à ce connard et je vais mettre le Japon à feu pour le retrouver. Je ne suis que rage, souffrance… Je ne suis plus moi-même. Je transpire dans l'étau de muscles qui me maintient. Mon cœur explose en mille éclats de sang, je voudrais pouvoir l'arracher et ne plus souffrir autant. Je m'écroule au sol avec Marc qui n'ose me lâcher. Contre toute attente, mon mobile se remet à sonner. C'est Marc qui le saisit et me montre l'écran et je détourne la tête. « C'est lui que je choisis ». Il répond.

- Ouais. (…) Il est anéanti. (…) Impossible. (…) Non

Mon ami fait une longue pause, il mime des lèvres que c'est Béa, avant de reprendre sa conversation.

- Il fallait qu'elle réfléchisse avant de s'enfuir pour un crétin et de le choisir. Elle n'a qu'à faire ses bagages et rentrer en France.
(…)
- Elle l'aime ? Elle est effondrée ? Vous vous foutez de moi là ? Si c'est vraiment le cas, elle sait ce qu'elle doit faire.

Marc raccroche sans plus de cérémonie, il sert tellement fort mon téléphone qu'il craque dans sa main et les parties se détachent les unes aux autres avant de tomber au sol. Cet homme est une machine. Je suis immobile contre son torse et son bras, il pourrait me broyer les os, mais il maîtrise parfaitement sa force. Il me relâche doucement et sans l'avertir, je l'étreins. Une accolade peu virile, mais qui me fait du bien. Putain ce mec est une vraie force de la nature, je peine à le prendre dans mes bras. Après un bref instant, je me détache de lui un peu gêné. Il faut que je me ressaisisse rapidement.

MARC

J'observe Lucas courir toujours plus vite et longtemps sur le tapis de course. Il a ses écouteurs dans les oreilles se coupant du monde. Ce n'est pas un très grand sportif, mais assez pour tenir la cadence. Ses pas font un bruit de tonnerre, boum, boum, boum. Lucas manque de légèreté dans sa course, il ne cherche pas la performance, c'est indéniable. Je connais mon ami et s'il met autant d'énergie dans chaque foulée, c'est qu'il cherche à oublier, à se vider la tête. J'hésite un instant à l'interrompre quand il descend du tapis. J'avais raison, il ne prend pas la peine de regarder son score ni d'éteindre la machine. Son attention est tout de suite attirée par le sac de frappe. Je m'interpose, si Lucas continue comme ça, il risque de se blesser.

Je l'entraine au bar d'à côté, la plupart des habitués le sont aussi de la salle de sport. Si on se connaît tous, on ne fait pas copain-copain avec tous. Lucas, le nez dans sa bière est fuyant, regarde tout le monde sauf moi. Je ne vais pas le lâcher et il va cracher le morceau. Mon pote se met à table rapidement, les yeux rouges, il déverse avec émotions son histoire. Je l'avais pressenti que cette femme lui ferait du mal, trop instable. Je ne m'imaginais pas qu'elle partirait enceinte. Lucas a toujours voulu une famille, lui qui n'en a jamais eu. Des parents absents, inexistants, il a toujours été un solitaire au grand cœur. J'ai toujours été là pour lui et aujourd'hui ne fera pas exception.

Marc

CHAPITRE 2

Voilà plusieurs semaines que Zophiel est partie au Japon. Je noie ma détresse entre la salle de sport, le travail et mère-poule qui vient voir régulièrement si je respire encore. J'essaie de l'oublier, et d'oublier aussi que je vais être père. Tant de questions restent sans réponse concernant cette grossesse. Je passe mes mains dans mes cheveux pour chasser toutes ses pensées qui m'envahissent. Je suis assis à mon bureau et j'essaie de me concentrer sur mon dossier en cours. Un contact veut investir plus d'un million d'euros et je dois lui trouver le meilleur placement qui soit. C'est un client régulier, je n'ai donc pas à faire l'enquête au préalable, je sais qu'il est clean et qu'il ne s'agit pas de blanchiment d'argent. J'attrape ma tasse de cappuccino et la porte à mes lèvres. J'entends Isabella, ma secrétaire, frapper à ma porte vitrée.

- Lucas, votre ami Marc souhaite s'entretenir avec vous.
- Faites-le entrer, Isabella.

Mère-poule entre dans mon bureau et je me lève pour le serrer brièvement dans mes bras. Je l'invite à s'installer dans le petit coin salon sachant qu'il sera bien mieux sur le canapé que sur les petites chaises. Mon complice de toujours me regarde avec un sourire carnassier sur les lèvres. Ça sent la bonne nouvelle.

- Alors qu'est-ce qui t'amène ?

- J'ai enfin reçu l'héritage de mon oncle. J'ai besoin de quelqu'un pour gérer cette nouvelle somme.

- Félicitation mec, dis-je en me levant. Je vais te donner un contact qui pourra t'aider. Tu ne fais plus confiance à tes conseillers financiers ?

Je m'approche de mon bureau, cherche la carte de visite de mon contact et attrape ma tasse avant de rejoindre mon ami.

- Je veux que ce soit toi qui s'en occupe, m'informe-t-il fièrement.

Je reste un moment interdit ne sachant que répondre. Marc pose son pied sur son genou et observe ma réaction.

- Vraiment, mais pourquoi ? Je suis honoré, mais on parle de combien exactement ?

- Nous parlons de 100 000 euros bloqués sur un compte attendant juste tes ordres de virement. Ainsi qu'une maison que je ne souhaite pas garder. Elle a été estimée à 150 000 euros. Il y a également un appartement et une voiture de sport en cours d'expertise.

- Tu ne gardes rien ?

- Absolument.

- Je suis vraiment heureux que tu me fasses confiance, mais je ne comprends pas pourquoi tu ne veux plus travailler avec tes conseillers…

- Il faut bien faire travailler la famille, me dit-il un grand sourire aux lèvres.

Je m'assois et je bois une gorgée de cappuccino. C'est une belle somme, rien avoir avec les millions que je manipule tous les jours, mais je suis flatté que mon ami se tourne vers moi. Je ferai tout ce qui est possible pour l'aider à gérer cet argent au mieux. Mon ami a l'air réjouit de m'engager et je le suis tout autant qu'il me fasse confiance. Je lui donne rendez-vous pour qu'on puisse discuter des différentes solutions qui s'offrent à lui. Cela me fait bizarre d'être aussi formel avec lui. Nous restons à discuter encore ensemble quelques minutes puis nous devons nous quitter, car mon client arrive. Je lui donne une étreinte virile et je le laisse sortir de mon bureau.

En refermant la porte, je vois Isabella faire du gringue à Marc. Un sourire franc barre mes lèvres. Celle qui emprisonnera le cœur de mère-poule n'est pas encore née. Ce mastodonte fait de muscles ne montre pas à n'importe qui son côté nounours.

La journée se déroule magnifiquement bien et aucun problème ne vient assombrir mon humeur. Je signe les derniers papiers et dossiers qu'Isabella m'a apportés et je me prépare à me rendre à la salle de sport. Ce rituel déjà mis en place depuis plusieurs années est devenu ma planche de salut pour ne pas m'écrouler. Je me dirige vers la petite pièce qui me sert de " vestiaire " et sors mon sac d'un placard tout en dégageant de ma cravate qui m'enserre le cou. Je retire ma veste quand Isabella passe la tête par la porte pour m'informer qu'elle a terminé sa journée. Ses yeux sont brillants et je vois que ce qu'elle voit lui plaît. Je lui pose quelques questions tout en détachant ma chemise. Je la vois rentrer dans la pièce et mon regard fixe le sien. Je reste là, torse nu à regarder ma secrétaire me reluquer sans vergogne. Les joues un peu roses, elle s'approche et fait glisser ses doigts sur mon torse. Je suis ses mouvements sans rien faire pour l'arrêter. Isabella n'a jamais eu aucun geste ou parole déplacé et son audace m'étonne. Je me rappelle qu'elle a minaudé avec Marc et cela me remet les pieds sur terre. Je lui attrape les poignets, mon regard plonge dans le sien et je vois qu'elle hésite puis m'embrasse sans que je puisse l'éviter.

- Je vous dérange peut-être, dit une voix furibonde.

Je lâche les poignets de ma secrétaire qui s'écarte comme prise en faute. Je vois Myrtille derrière ma secrétaire, les bras croisés et les sourcils froncés. Je retire ma chemise et attrape mon t-shirt de sport et l'enfile. Je me suis déjà fait assez remarquer pour aujourd'hui. Isabella s'excuse et prend congé, me laissant seul avec l'associée de Zophiel. Je n'apprécie qu'à moitié son intrusion dans mes bureaux.

- Myrtille que puis-je faire pour toi ?

Aucune réponse venant d'elle, elle me toise et part s'installer dans le coin salon. Je soupire, sans finir de me changer, la rejoignant je m'assoie dans un fauteuil. Ma journée n'est visiblement pas terminée et la salle de sport va attendre. Je m'installe confortablement et j'attends qu'elle se décide à parler. Chacun de nous dévisage l'autre et un silence pesant envahit la pièce. Je ne me détache pas de mon sourire suffisant, le silence n'a jamais été un problème pour moi. Je l'observe franchement et si ses yeux étaient des révolvers, je serai déjà six pieds sous terre. Je n'ai pourtant rien fait de mal, mais je sens qu'elle défendrait Zophiel bec et ongles, jusqu'en enfer. Cette idée me fait sourire encore plus. Elle finit par craquer et ouvre son sac en sortant une grosse enveloppe kraft. Elle la jette sur la table basse, ne jetant qu'un bref regard à sa missive, je la scrute.

- Qu'est-ce que sait ?
- Je ne sais pas. Peut-être toutes les lettres que Zophiel t'a écrites et que tu as renvoyé sans même les avoir lues, rugit-elle.

C'est donc ça son problème ! Je m'avance au bord de mon assise, prends l'enveloppe et la retourne dans tous les sens. Je l'ouvre et je fais glisser sur la table les missives qui tombent toutes d'un coup. Je feuillette distraitement les dizaines de lettres que Zophiel m'a envoyées. J'en choisis une au hasard. L'ouvre sans la lire, puis une autre et encore une autre… Mon manège dure peut-être 5-6 minutes. D'un côté le tas d'enveloppes et de l'autre les lettres pliées à la perfection. Je regarde Myrtille qui attend la suite. Je me lève avec les enveloppes et les jette dans la corbeille à papier. J'ouvre un tiroir de bureau et me saisit d'une grosse enveloppe, de mon papier à lettre et de mon stylo plume. Je reviens vers l'assistante de Zophiel qui se tient très raide à présent. Sans la quitter du regard, j'introduis toutes les lettres dans la nouvelle enveloppe et la pose sur la table. J'écris sur mon papier à lettre un seul mot :

« REVIENS »

Je le glisse à l'intérieur, referme l'enveloppe, écrit Zophiel dessus et la tend à Myrtille. Il n'y a eu aucun échange verbal pendant toute la procédure. Je la vois choquée, elle ne bouge pas et ne réagit pas.

- Autre chose Myrtille ?

Elle se lève et me lance un dernier regard noir avant de sortir de mon bureau. Je voudrais que cet échange n'entache pas mon humeur, mais elle devient grise et maussade.

J'arrive à la salle de sport, je balaie la salle du regard, mais ne vois pas Marc. Tant mieux ! Je vais pouvoir m'acharner sur le tapis de course après ma séance d'échauffement. Mon rituel est toujours le même, je mets mes écouteurs sans fil, pose ma serviette et ma bouteille d'eau à proximité. Je monte sur le tapis et je commence à courir. Je trottine, mais cela ne fait pas sortir de la tête la visite de Myrtille et mon obsession pour Zophiel. J'accélère le rythme et change la musique d'un geste à mes écouteurs. Je suis le tempo, pied droit, pied gauche, pied droit, pied gauche… Je me concentre sur mes foulées et ma respiration. J'enfile les kilomètres sans m'en rendre compte, je regarde droit devant moi, un écran de télévision qui passe des clips en boucle, mais je ne saurais vous dire lesquels. Je suis concentré et déterminé à tout oublier. Les minutes passent sans que je fatigue, plus rien ne compte autour de moi. Je finis ma séance en sueur et à peine fatigué. Cette fois-ci le sac de frappe est disponible. Sans retirer mes écouteurs, je m'approche de lui, un sourire aux lèvres. J'enfile les gants de boxe, confiant. Je fléchis légèrement les genoux, je tends un bras pour être à bonne distance et commence à le frapper. Je me mets en garde puis frappe, en garde et frappe. Des mecs commencent à m'encercler, mais je m'en fous. Ces types-là sont habitués à me voir me déchaîner toujours plus, brisant toutes les limites du raisonnable. Je tape de plus en plus fort et de plus en plus vite. Je finis par enchaîner poing, pied, poing, pied. Un type me tient le sac, je ne me préoccupe pas de lui, il est transparent, je suis concentré au max. Je me déchaîne, je vois que le type est autant en sueur que moi, je ne retiens pas mes coups. Un second vient prendre le relais, mais je ne m'arrête pas pour autant. Je ne sais combien de temps, je reste à frapper sans m'arrêter, mais je finis par m'écrouler au sol. Le souffle court, le corps se liquéfiant, la tête vide et les poings toujours dans les gants, je suis enfin à plat . Quelqu'un me verse de l'eau sur le crâne, un autre me tend ma gourde et je sens que ma serviette est passée autour de mon cou. Ces gars-là sont une vraie famille. On ne laisse pas un camarade à terre. L'infirmier du club, qui est là en alternance avec le toubib, se pointe devant moi et vérifie mes constantes. Après un rapide examen, il me met en garde et me donne quelques conseils avant de disparaître. Une main se tend devant moi et je la saisis. Mère-poule a un air sévère sur le visage et moi, je lui souris comme un idiot. Je suis vanné et plus rien ne vient embrunir ma tête. Il m'accompagne à ma voiture sans un mot. Je m'installe au volant de ma Porsche Taycan turbo S, et lui tape dans le poing. Je sais que Marc veillera toujours sur moi, comme un frère et on n'a pas besoin de parler pour se dire les choses. Je démarre et je rentre directement chez moi pour prendre une douche.

Sur le pas de ma porte m'attend Serpentard, ce chat rentre et sort sans arrêt, malgré la chatière, il faut toujours que je lui ouvre la porte. Je suis son esclave ! Je l'attrape dans mes bras et le caresse le temps que j'ouvre la pièce. Une fois à l'intérieur, mon chat s'étend contre moi et saute au sol pour miauler des croquettes. Je pose mon sac de sport au pied du canapé et ma sacoche de boulot sur le canapé. Je me lave les mains et sers ses croquettes à monsieur Serpentard. Il les renifle d'un air dédaigneux, bois une gorgée d'eau et se détourne pour aller se coucher sur… ma sacoche. Je ne me formalise pas pour autant. J'attrape mes affaires de sport et me dirige vers la salle de bain. Je mets mes fringues dans le panier et saute dans la douche. Une douce buée envahit la pièce, je prends un peu plus de temps pour me détendre. L'eau qui ruisselle sur mon corps assimilé à l'odeur de mandarine de mon gel douche m'apaise. Je me motive de sortir de là, enfile un boxer et m'écroule sur mon lit.

Je n'en reviens pas, j'ai fait le tour de l'horloge, cela n'arrive jamais. Je me confesse, en ce moment, j'en fais voir à mon corps. Je fais du sport en excès, bois trop d'alcool, peu de nourriture solide et des nuits bien trop courtes. Je me sens bien, reposé et les idées claires, cela aura au moins servi à ça. Je me lève et je manque d'écraser mon Serpentard qui me lance un regard furibond. Il saute sur le lit et vient se frotter contre moi. J'adore son pelage noir, doux et soyeux. J'en profite à peine qu'il saute au pied du lit et miaule sa détresse. Je me dirige vers la cuisine et lui sers ses croquettes. Il les dévore sans même me jeter un regard. Je m'installe avec mon cappuccino sur la table de la cuisine, rien ne presse aujourd'hui, je ne vais pas travailler, enfin, je travaillerai peut-être à la maison. Le silence envahit la pièce et me rappelle à quel point Zophiel me manque. La gorge serrée et la boule au ventre, je me pose toujours les mêmes questions. Pourquoi m'a-t-elle laissé ? Pourquoi est-elle partie ? Je ressasse tout ça, sans rien comprendre à la situation. J'essaie de donner le change, mais elle me manque terriblement. Son grain de folie et son humour qui me font tant rire, son sourire et son intelligence. Nos discussions me manquent, ses caresses et sa tendresse me manquent. Ce petit bout de femme au caractère bien particulier me manque et je ne peux rien faire, elle ne veut pas revenir. Sa dernière phrase me revient, " C'est lui que je choisis " et m'écrase le cœur.

Je termine de laver ma tasse et Serpentard miaule pour sortir. J'ouvre la porte et mon chat passe entre mes jambes. Je le regarde passer et s'enfuir, quand un poing m'arrive en pleine face. La surprise me fait reculer d'un pas, mais je me ressaisis très vite. Je lève les poings et les yeux sur mon ennemi juré, posté devant moi un sourire aux lèvres. Il est content de lui, ce connard, qu'il profite de sa petite victoire, car je ne vais pas lui faire de cadeau. Il s'avance confiant et tente un nouveau coup, mais cette fois-ci, je suis prêt. Je l'évite et lui fait un croche-pied et il tombe dans mon entrée. Je savoure mon avantage et me penche sur lui, l'attrape par le col et le jette dehors. Je suis heureux de ne pas avoir de voisin, car je compte bien lui faire passer l'envie de me frapper. Il est au sol et tente de se relever, mais je ne lui en laisse pas l'occasion. Je lui décroche un coup de poing dans la mâchoire. Il braille, mais je m'en fous, je suis à cheval au-dessus de lui et ma rage s'abat sans arrêt. Cet abruti me met un coup de genou dans les parties et je m'écroule au sol, plié en deux. Le souffle coupé, j'essaie de me relever, mais cet enfoiré en profite et c'est à moi de subir sa brutalité. Alexandre vise le visage, le ventre, le bas ventre et les côtes. Il veut me détruire et si je ne réagis pas, bientôt, je n'aurai plus de visage et mes côtes vont céder. Je respire et bloque son coup de poing qu'il s'apprête à me donner. Mon corps n'est que douleur, mais je réussis à le repousser et au lieu de rétorquer, je me redresse et recule. Le connard a le souffle court et je lui ai refait le portrait, un sourire suffisant étire mes lèvres et je grimace aussitôt de douleur. Il a l'arcade gauche qui saigne, la lèvre du haut fendu et son œil droit prend une drôle de couleur, Alexandre se tient le ventre et il grimace. Il s'approche de moi en boitant et je recule encore. Je ne veux pas fuir, mais je ne veux pas non plus lui tendre la joue. Il crache du sang et cela me fait rire. Cela me fait mal, mais je ne lui montre pas. J'ai reçu des coups, je ne vais pas le nier, j'ai su également en donner et je ne les ai pas retenus. Alexandre fait encore un pas dans ma direction, ses yeux me lancent des éclairs, mais à présent, il est inoffensif. Je le laisse approcher clopin-clopant et je me permets une petite provocation.

- Alors Doc, un souci ?

Il voudrait me répondre, tousse et crache du sang. Il continue de s'approcher et j'ai l'insolence de m'asseoir sur un fauteuil de jardin, j'attends. Je ne le lâche pas du regard, je ne lui fais pas confiance. Une voiture s'arrête dans un crissement de pneu, mais je ne la regarde pas. Une porte claque et Alexandre se fige, ferme les yeux et souffle. Il souffre.

- Putain Alexandre qu'est-ce que tu as encore foutue ?

Béa débarque et passe le bras sous celui de son pote et me jette un regard.

- Salut Lucas, je suis venu chercher cet imbécile. Belle journée.

La belle rousse entraîne son meilleur ami avec lui, l'installe en voiture et ils partent tous les deux. Je ne bouge pas, j'attends de ne plus voir les roues du véhicule pour extirper mon téléphone de ma poche dans un grognement de douleur. Une seule personne pourra m'aider, Marc et il répond à la première sonnerie. Il déboule à peine quinze minutes plus tard et je somnole toujours à la même place. Il me colle une baffe et j'ouvre instantanément les yeux. Il m'aide à rentrer chez moi et me lâche dans mon canapé. Marc sort de mon champ de vision et mes yeux se ferment. Une nouvelle claque me réveille. Mère-poule est là les mains avec des traces de sang, une bassine contenant des déchets médicaux, compresses usagées, coton, fils, sparadraps… Il me tend un verre avec un liquide clair, je pense à de l'eau, toutefois quand il touche ma lèvre fendue, la morsure de l'alcool me fait grimacer. Je tiens à peine debout, mais Marc insiste pour

m'emmener à l'hôpital. Je proteste, mais vu dans l'état dans lequel je suis,
mère-poule n'a aucun mal à me traîner aux urgences.

MYRTILLE

Zophiel me donnait des nouvelles régulièrement du Japon, mais ce qui l'inquiétait, c'était Lucas. Pourquoi il ne répondait pas à ses lettres et qui lui retournait sans les avoir lu. J'étais en colère après ce type, mais je n'arrivais pas à lui en vouloir.

Lucas est entré dans la vie de Zophiel avec fracas et je voyais cette relation d'un très bon œil. Ce mec-là savait parler aux femmes et il est clair que son romantisme ne laisse ni Zophiel ni moi indifférente. Il m'avait l'air gentil et chaleureux, mais quand je suis arrivée dans son bureau, j'ai changé d'avis. Lucas était froid, sans âme et très distant. J'avais pu apercevoir de la colère et une forme de résignation.

Zophiel ne m'avait pas tout dit, j'en suis certaine, mais je ne supportais pas le ton que Lucas prenait avec moi. Je me dois d'être solidaire avec celle qui m'a donné ma chance, mais une petite voix au fond de moi savait qu'elle avait des torts.

Myrtille

Cela fait plusieurs jours que je suis rentrée de l'hôpital. J'étais resté 24 h en observation, mais je n'avais rien de grave, hormis de nombreuses contusions et deux côtes de fêlées. Ce barge ne m'avait pas loupé, mais moi non plus. J'aurais payé cher pour voir dans l'état dans lequel était ce crétin. Je suis assis à mon bureau et si mes côtes sont moins douloureuses grâce aux antalgiques, ma respiration reste un peu plus difficile. Je ne peux toujours pas me rendre à la salle de sport, courir me fait mal. La position assise reste inconfortable, mais possible grâce aux médicaments. Je limite mon temps dans cette position, mais il m'est impossible de faire autrement tant le travail déborde sur mon bureau. J'ai beaucoup de mal à me concentrer, car mes pensées naviguent d'un sujet à l'autre. J'essaie de chasser Zophiel de ma tête, cette femme est une calamité et elle va me tuer. Dès que je la chasse de mon esprit, elle revient de plus belle. Je l'ai dans la peau, c'est certain, je l'aime déraisonnablement et mon cœur est bien plus fort que ma tête. Je voudrais la haïr pour l'oublier et passer à autre chose, mais comment faire quand elle porte notre enfant, mon enfant. Comment faire quand elle hante mes nuits ? J'ai mal physiquement de son absence, de ses trahisons et de ce putain de cœur qui bat pour elle. Du boucan, me sort de mes pensées et je lève la tête juste avant qu'Isabella ouvre la porte de mon bureau et qu'elle se fasse bousculer par une tornade rousse.

- Je suis navrée, je n'ai rien pu faire, c'est une folle, s'excuse-t-elle.
- Laissez Isabella, je m'en charge.

Je ne prends pas la peine de me lever, Béa se plante en face de moi et jette son sac sur le fauteuil. Je reste stoïque avant de me ressaisir rapidement. Je balance entre la colère, la surprise et l'agacement. Les amis de Zophiel commencent sérieusement à me taper sur les nerfs d'entrer dans mon bureau comme dans un moulin. Je ne suis pas leur pote, quoi ! Tour à tour, ils viennent me faire la morale, me frapper et il ne faudrait pas qu'ils oublient que c'est leur copine qui m'a tourné le dos et pas l'inverse. Béa me surprend en faisant le tour du bureau et en m'enlaçant. Cette belle rousse me sert un peu trop fort et je retiens un grognement de douleur. Je ne veux pas lui donner satisfaction en lui montrant que son pote m'a bien amoché. Je ne bouge plus et attends qu'elle termine son câlin à sens unique. Elle finit par se détacher de moi et elle va s'installer dans un fauteuil.

- Bonjour Lucas. Excuse-moi de venir à l'improviste. Je sais que c'est très mal venue de ma part de m'imposer après ce que mes amis t'ont fait.
- Oui, il va falloir que vous perdiez cette mauvaise habitude de vous incruster dans ma vie. Cela devient vraiment pénible. C'est mon lieu de travail et non l'hôtel des courants d'air.
- Je voulais te présenter mes excuses pour Alexandre. C'est un crétin impulsif et complètement fou de Zophiel. Sur ce dernier point, je pense que tu peux le comprendre, me dit-elle en souriant.
- Ce type est un connard, je ne comprends même pas comment il peut être médecin. Il tape avant de causer, c'est lui qui m'a piqué ma nana. C'est pas à toi de t'excuser, mais à eux.

Béa me regarde un peu contrite sans répondre. Je sens qu'elle va me dire quelque chose qui ne va pas me plaire. Je soupire, me lève avec délicatesse et la rousse me suit du regard. Je me sers un verre d'alcool et n'en propose pas à mon invité. J'en bois une rasade et me rassis tout aussi délicatement.

- Je vois qu'il t'a quand même rendu des coups.
- Il va mal, demandé-je curieusement avec un sourire satisfait, j'espère qu'il souffre autant voir plus que moi.

- Il est très mal en point, mais on va dire qu'il l'a cherché.

- Que veux-tu Béa ? Tu n'es pas ici ni pour faire un brin de causette ni pour prendre de mes nouvelles. Comme tu peux voir, je croule sous le travail.

- Elle va mal, tu dois lui parler.

J'essaie de camoufler mes sentiments, ne pas lui montrer que ça me touche. J'imagine très bien Zophiel en train de boire à ne plus savoir ce qu'elle a ingurgité, à pleurer, se lamenter sur elle-même ou même piquer une crise. Tout cela n'est pas bon pour le bébé, mais je ne peux rien y faire, elle l'a choisi, LUI. Je souffre moi aussi, je ne dois pas laisser mon amour pour elle m'aveugler. J'essaie de maintenir mon masque d'impassibilité en place. J'attends que Béa poursuive, mais rien ne vient. Elle m'observe, cherche une expression sur mon visage, mais elle ne trouvera rien. Je sens son regard qui me pénètre à la recherche du moindre indice. Je ne lui donne pas satisfaction. Je bois mon verre et la fixe, un léger sourire qui n'atteint pas mes yeux, la défiant de trouver un moindre signe de mon attachement envers Zophiel.

- Elle a besoin de toi, Zophiel était heureuse auprès de toi, tu es son équilibre, son rocher. Il faut que tu lui parles.

- Je ne peux pas, je suis désolé, lui dis-je en finissant mon alcool. Elle l'a choisi, lui, c'est à lui de prendre soin d'elle à présent.

Je me lève pour qu'elle prenne congé, mais elle reste là à me regarder. Ma patience s'amenuise et au moment que je vais la mettre dehors, Isabella rentre pour m'annoncer que mon rendez-vous est là. Je la bénis intérieurement et me félicite d'avoir toujours préféré le contact humain au téléphone. Béa se lève, me serre dans ses bras, mais moins fort que sa première accolade. Je ne l'ai pas dupé, cette femme est intelligente et je me demande ce qu'elle va penser de cet entretien. Elle sort de mon bureau sans plus de cérémonie. Je demande à Isabella de faire patienter mon client. Cette dernière ferme la porte et je me serre un grand verre d'eau que je bois d'une traite. Il faut que je reprenne constance et que je fasse taire mes sentiments et la douleur, pour me concentrer sur le travail. Je passe mes mains dans mes cheveux et les tire un peu pour faire redescendre le stress.

Je soupire, ferme les yeux un instant et défroisse mon costume sans faux plis. Je fige un sourire sur mes lèvres, mettant en place mon masque professionnel et me dirige vers la porte qui me sépare de mon client. Heureusement, celui-ci est de longue date et ne se formalisera pas de mon état.

Il est tard quand je quitte le travail, ne pouvant aller me défouler sur le tapis de course, je rentre directement chez moi. Serpentard, mon fidèle compagnon, m'attend devant la porte. Je l'attrape, je le grattouille et je pénètre chez moi. Après cette longue et dure journée, j'ai le moral en berne et je n'ai pas envie de grand-chose. Je me lave les mains après avoir servi les croquettes de Serpentard et je me fais à manger. Je ne cherche pas à faire quelque chose de sain. J'attrape un peu ce que je trouve dans le frigo et le pose sur un plateau. Celui-ci ce garni de fromages, jambon, pain de campagne, raisin et d'un verre de vin blanc. Je m'installe sur mon canapé devant la télévision et pose mon plateau sur la table basse. Serpentard vient se loger contre moi et j'allume la télé. Son ronronnement m'apaise et je me sens déjà mieux. Je choisis un film en VOD et commence à grignoter sans grand faim. Tout se déroule parfaitement pour une soirée tranquille à la maison. Je finis mon plateau et ramène le tout dans ma cuisine. Serpentard lève à peine la tête avant de se replonger dans un sommeil bienheureux. Je finis mon verre de vin blanc et file à la douche. En passant, je caresse mon ami à quatre pattes qui ronronne de contentement. Dans la salle de bain, je me déshabille et me regarde dans le miroir en pied. Je ne suis pas si mal, malgré les bleus qui recouvrent mon visage. Mes cheveux en bataille à force de passer mes mains dedans et mes yeux émeraude fatigués plaît énormément aux femmes. Ma lèvre est cicatrisée et me tiraille encore un peu. Mon corps s'est musclé durant toutes ces semaines à faire du sport intensif. Je passe mes doigts sur mes nouveaux abdos et je souris. Le petit ventre rebondi à disparu et ce n'est pas pour me déplaire. Je me lance un clin d'œil et rentre dans la douche. Mon gel douche mandarine termine de me réconforter. J'entends la sonnette retentir, je me rince rapidement et coupe l'eau. Une serviette autour des hanches, je me précipite pour aller ouvrir. Je manque de glisser, mais me rattrape in extremis à la poignée de la porte m'arrachant un petit cri de douleur, mes cotes n'ont pas apprécié. Ma serviette glisse, je l'attrape d'une main et ouvre de l'autre. Je découvre mon visiteur et referme la porte. Je m'appuie contre cette dernière, en essayant de calmer mon cœur. L'intrus frappe doucement et j'hésite à répondre, ce qui est idiot vu que j'ai déjà ouvert. Je suis un homme et je vais prendre mes responsabilités enfin… je positionne ma serviette et ouvre à nouveau. Elle est là, devant moi, mon cœur bat encore plus fort. Zophiel se tient droite les mains croisées devant elle. Elle porte une robe rouge à pois blancs avec une ceinture qui lui marque la taille. Des ballerines rouges et un sac blanc qu'elle tient devant elle. Je la trouve sublime. Mes yeux croisent les siens couleur gris orage, cernés par le manque de sommeil. Mon cœur bat la chamade, elle est enfin là, chez nous. Nous nous regardons bêtement tous les deux sans rien dire. Je me rappelle soudain que je suis en serviette et je bafouille en lui disant que je reviens et laisse la porte ouverte pour la laisser rentrer. Je me précipite dans la salle de bain, enfile mon jogging et un t-shirt gris. Je regarde à nouveau mon reflet dans le miroir et sors de là. Je retrouve Zophiel debout dans le salon observant du coin de l'œil Serpentard qui la fixe hostilement. Ces deux-là n'ont jamais été vraiment copains. Zophiel n'a jamais pu l'approcher sans que mon chat souffle, crache et hérisse ses poils. J'enfile les claquettes que ma sœur m'a offertes et observe Zophiel. Elle irradie la tristesse, mon cœur se serre, mais je me rappelle que je souffre autant qu'elle, sinon plus, de cette situation que je n'ai pas choisi. Je me rappelle qu'elle m'a laissé tomber, qu'elle est partie avec notre bébé et que c'est lui qu'elle a choisis. Je l'observe toujours quand elle se détourne de mon chat pour planter ses yeux dans les miens. J'aime toujours cette femme et je sais qu'elle va encore se jouer de moi, elle fonctionne ainsi. Une boule de rancœur se forme et je peux retenir les paroles acides qui m'échappent.

- Qu'est-ce que tu fous ici ?
- Je te dois des excuses et des explications, me répond-elle, choquée du ton que j'emploie à son égard.

Je ne me cache pas pour la regarder des pieds à la tête. L'instant d'une seconde, mon masque d'impassibilité se fissure et un sourire en coin éclaire mon visage. Je n'ai pas oublié l'agression gratuite de son meilleur ami. Mon expression se ferme à cette pensée et mes prunelles émeraude se plantent dans les siennes grises.

- J'aimerais vraiment t'écouter, mais j'ai eu une dure journée, lui dis-je en l'entraînant vers la sortie. Je suis fatigué et j'allais me coucher.

- Lucas, j'ai perdu le bébé.

Un silence s'abat sur la maison. Zophiel se fige, son regard se décompose et je ne peux retenir l'horrible souffrance qui m'étouffe.

- Tu as quoi ?

- J'ai ..., bafouille-t-elle

- Casse-toi, hurlé-je, casse-toi avant que je regrette mes paroles et mes gestes.

Elle se fige encore de plus belle. La souffrance m'aveugle et je frappe le mur.

– Barre-toi, m'époumoné-je

Elle ne s'attendait pas à ce que je perde le contrôle aussi rapidement. Zophiel a porté les mains à sa bouche, choquée, ses yeux retiennent tant bien que mal les larmes qui veulent s'échapper. Mon cœur se comprime, il me fait terriblement mal. J'enfonce mes mains dans mes poches et serre les poings à m'en faire mal. La rage monte et menace de prendre le dessus. Zophiel essuie ses larmes délicatement et elle ouvre la porte pour partir. Je tente de retenir ma respiration, elle est à quelques centimètres de moi, je peux sentir son parfum mélange de fraises et de menthe. Cette odeur qui m'a tellement rassuré me fait l'effet d'un rasoir sur mon âme. Je reste debout et essaie de me contenir. Nos regards se croisent, le mien chargé de colère, de tristesse, de désespoir et le sien... gris trahisons. Elle sort de chez moi, en ravalant ses larmes. Bordel de merde qu'est-ce qui vient de se passer ? J'ai... Elle a... . Je perds complètement pied, la rage contenue, me submerge et la douleur me pilote entièrement. Les sentiments me dominent, mon corps et mon âme se consument et mes yeux, ma raison sont aveugles. Je ne suis qu'un homme brisé qui s'écroule. Tous ses sentiments violents sont impossibles à contenir et j'envoie valser la commode de l'entrée. Serpentard s'enfuit surpris du bruit. Je casse tout autour de moi, laissant exploser ma rage, ma souffrance. Le miroir de l'entrée se brise sous mes poings. Je me déchaîne, laissant sortir tout ça. Les larmes me brouillent la vue ne m'arrêtant pas pour autant, c'est le vase qui éclate en millier de morceaux de verre. Je piétine les morceaux de verre, tire mes cheveux, tourne autour de moi, l'entrée est dévastée. Je transpire, j'ai le souffle court et quand la douleur de mes côtes explose, devenant insupportable je m'effondre au sol. Je ne suis plus que l'ombre de moi-même, je sombre. Mes mèches de cheveux se collent à mon front, mon visage est ravagé par les larmes, mes mains sont en sang, mes pieds ont de multiples coupures et je n'arrive pas à reprendre mon souffle. Bien jouer Lucas ! Je cherche mon téléphone du regard et quand je le localise, l'attrape et envoie un S.O.S à mère-poule. Je me dirige difficilement vers mon bar, essoufflé et mal en point. Ma copine, la bouteille de whisky va me tenir compagnie en attendant mon pote. Je glisse sur le canapé et boit à même le goulot. Je suis dévasté, la tête embrouillée, les larmes ne cessant de couler et je reprends une rasade de l'alcool pour faire enfin taire mes émotions. La bouteille se vide rapidement, pas l'ombre de mère-poule et mes paupières clignotent jusqu'à se fermer.

Le matin suivant, je me sens très mal, une gueule de bois monumentale me vrille la tête. Mes côtes me torturent et mon cœur saigne abondamment. Le sang de mes mains a séché et j'en ai partout. Je me relève difficilement du canapé, la tête me tourne. Je n'ai pas vu Marc, mais il a dû passer, les débris ont disparu et la commode est bancale contre un mur. Je regarde mon téléphone est un SMS de sa part m'attends, mais je l'ignore ne voulant pas supporter une énième leçon de moral. J'ai besoin de courir, je n'ai toujours pas l'autorisation de mon médecin, mais le besoin est trop fort. Je donne à manger à Serpentard puis avale rapidement un cappuccino et enfile mes baskets. J'attache mon support de téléphone sur mon bras, glisse ce dernier dedans et sors de chez moi. Je ferme la porte et commence à faire des petits étirements sans forcer. Mes côtes sont plus douloureuses que d'habitude, alors je ne pousse pas trop. Je marche tranquillement, je vais miser sur la longueur au lieu de la vitesse. Je marche en direction du chemin de randonnée qui borde ma maison jusqu'à la petite rivière plus bas. Je longerai cette dernière sur plusieurs kilomètres. Je ne vais pas forcer, mais juste me laisser porter par le paysage qui m'entoure. J'enfourne mes écouteurs sans fils dans ma poche au cas où et je démarre.

Je redécouvre cet endroit que j'aime tant, mais que j'ai délaissé pour la salle de sport. Je laisse les odeurs et les bruits familiers m'envahir et cela me vide la tête. J'avale les kilomètres sans effort, mais au bout d'un certain temps de marche, un étourdissement me surprend. Je m'assois un instant pour regarder la vue magnifique sur la rivière. Le soleil se reflète dessus me laissant présager une belle journée. Tout me semble paisible et calme, je suis loin de l'agitation de ma vie et de mon cœur. L'endroit est beaucoup plus ressourçant que la salle de sport et moins animé. Je prends le temps d'apprécier le moment, le chant des oiseaux et des autres insectes aux alentours. En contrebas, je vois une famille de canards qui se jette à l'eau et je les regarde un moment pensif et avec un pincement au cœur. Il m'est difficile de ne pas faire le lien avec la famille que j'aurais pu avoir et que j'ai perdu prématurément. Je décide de faire le chemin en sens inverse, essayant d'allonger mon pas pour arriver plus vite. Avant même d'arriver sur le chemin qui mène à ma maison, je vois la voiture de mère-poule garée. Je ralentis et regarde l'heure sur mon téléphone, 7 h 30, qu'est-ce que Marc peut bien faire aussi tôt chez moi ? Ce n'est pas dans son habitude et cela déclenche une alerte dans ma tête. N'écoutant pas la douleur, je franchis les derniers mètres en petites foulées en grimaçant. Je le vois assis sous le perron, les avant-bras posés sur ses genoux et la tête baissée. Les battements de cœur s'accélèrent et quand mon ami lève les yeux, mon organe explose. Le souffle court, je tombe à genoux et Marc vient à ma rencontre et m'annonce ce que je soupçonne déjà.

- Olive a été hospitalisée. Son cœur a cessé de battre quelques minutes, mais ils ont réussi à le relancer. Elle a demandé à te voir.

Marc m'aide à me relever, je déverrouille la porte et nous rentrons. Mère-poule regarde mon accoutrement et me regarde d'un air sévère. Je l'ignore, me dirige dans la salle de bain, me douche très rapidement et enfile une tenue confortable avant de le rejoindre dans mon salon. J'ignore la douleur de mes côtes et celle de mon cœur. J'avale deux comprimés d'antalgique. Je ne laisse pas l'inquiétude m'étouffer, Olive a besoin de moi, de mon calme et de ma bienveillance. Marc bondit sur ses pieds en me voyant prêt et nous ressortons de chez moi. Il me dépose à l'hôpital avant de rentrer chez lui se reposer, je suppose.

Elle est endormie, branchée de partout à des machines qui font des bips intermittents. Olive est pâle, toute menue, ses lèvres ont perdu de la couleur et elle me semble toute minuscule dans sa chemise de nuit. Nos parents ne sont pas là, bien-sûr, leur unique fille se bat pour vivre, mais eux s'en contre-fiche, cela m'aurait étonné du contraire. Ils n'ont jamais été présents pour nous et encore moins pour ma jeune sœur. Je m'installe dans le fauteuil à côté de son lit et je regarde les moniteurs avec leurs tracés. La vie d'Olive tient à ces machines jusqu'à ce qu'on trouve un donneur compatible. Je ne peux rien faire qu'attendre qu'elle se réveille. Je me lève et regarde par la grande fenêtre qui donne sur un immense jardin fleuri et arboré. C'est un joli contraste pour un hôpital. Je passe mes mains dans mes cheveux et les tire un peu pour évacuer toute la tension. Je reste là à admirer le paysage de longues minutes avant qu'une infirmière et un médecin entrent dans la chambre de ma sœur. Cette première est surprise de voir quelqu'un dans la chambre, elle me dit bonjour d'un sourire contrit et s'approche de ma sœur pour vérifier ses constantes. Le médecin a le nez dans son dossier, la mine grave. Ce n'est pas le premier que je vois et il m'énerve déjà. Il a une soixantaine d'années, une blouse blanche trop grande pour lui et ses cheveux ont la couleur de ses yeux gris fatigués. Il porte des lunettes au bord de son long nez et ses lèvres sont pincées. Je me détourne de lui pour revenir auprès d'Olive. Je prends sa main droite qui est gelée. Je commence à la frotter légèrement entre mes paumes pour essayer de la réchauffer.

- Vous êtes un proche, me questionne l'infirmière.

- Je suis son frère, c'est moi qui s'occupe d'elle. Qu'est-ce qui s'est passé ?

- Hum, votre sœur a une insuffisance cardiaque depuis la naissance. Elle est passée du stade 1 au 3 en quelques années et…

- Putain, je n'ai pas besoin qu'on me lise son dossier médical, je le connais par cœur, m'énervé-je

Le médecin relève les yeux de son dossier et c'est clairement le type de médecin qui m'agace. Est-il au moins cardiologue ?

- Effectivement, excusez-moi. L'état de santé de votre sœur s'est détérioré et il lui faut un donneur dans les plus brefs délais. J'ai personnellement appelé le service chargé des dons d'organes pour la mettre un haut de la liste. Il faut attendre, mais ses jours sont comptés. Elle était agitée, son cœur s'accélérant, nous lui avons administré un sédatif pour qu'elle se calme.

- Combien ?

- Je ne serais pas vous dire. Elle est stable, mais si son cœur s'emballe encore, nous serions peut-être plus en mesure de la réanimer.

Je fais les cent pas dans la petite chambre d'Olive. Je m'arrête au pied de son lit, pose les mains sur le montant et regarde ma petite sœur d'à peine 26 ans et déjà mourante. Nos parents devraient être là…

- Vous avez essayé de joindre nos parents ?

- Oui, comme nous l'a demandé Marc Morel, sa personne de confiance. Personne n'a répondu aux différents numéros.

- Sa personne… vous vous moquez de moi ? C'est moi qui s'occupe d'elle, je suis sa personne de confiance.

Le médecin relit le dossier d'Olive et me lance un regard désolé en secouant la tête. C'est quoi encore ces conneries !

- Rappelez nos parents, ils devraient être auprès d'elle, dis-je sèchement avant de quitter la chambre

ZOPHIEL

Je suis revenue du Japon pour Lucas, je lui devais une explication, mais je ne m'attendais pas à autant de virulence. Lucas a changé, il est plus musclé et son petit ventre a disparu. Il se tient plus droit et il a une rage au fond des yeux qui fait briller ses pupilles. Mon cœur bat toujours aussi fort pour cet homme.

Je ne sais pas ce qui m'arrive, plus le temps passe et moins j'arrive à me maîtriser. J'ai bu un peu avant de me lancer à ma révélation. Je sais que je ne devrais pas, mais le courage me manquait. Difficile, d'arracher à l'homme qu'on aime son futur enfant, difficile de lui dire que tout est de ma faute.

Après ma visite, ce rejet a fait naître en moi une détresse que je n'ai pas réussi à maîtriser et à canaliser. La souffrance m'a totalement engloutis. Mon premier réflexe a été d'appeler Alexandre. Celui-ci m'a entraîné à faire la tournée des bars pour oublier. Au matin, quand je me suis réveillée, je ne me souvenais plus de la soirée. Un for sentiment de honte et de culpabilité m'envahit.

Il est indispensable pour moi de me faire pardonner et de reconquérir Lucas.

Zophiel

CHAPITRE 4

Je suis une boule de nerf et je ne peux pas rester auprès d'Olive dans ses conditions. Je fais appel à Luna, la meilleure amie d'Olive, pour rester à son chevet le temps de mon absence. Ce n'est pas la première fois qu'elle me rend ce genre de service. Je lui fais la bise, elle a dû sentir que quelque chose clochait, car elle n'a posé aucune question. Je la vois s'installer auprès de ma sœur et lui raconter les potins. Je sors de l'hôpital et saute dans un taxi, ce connard avait bien préparé son coup de m'emmener directement avec sa bagnole. Je fulmine tout au long du trajet. Le conducteur de taxi ne bronche pas, les yeux rivés sur la route, lui aussi doit sentir que ce n'est pas le jour à me faire chier avec ses banalités. Je saute de la voiture en balançant quelques billets au chauffeur et grimpe les marches qui me sépare de l'entrée de l'immeuble. J'appuie sur l'interphone sans discontinuer. Personne ne me répond, je lève les yeux vers l'appartement de Marc, mais je ne vois rien. Cela m'agace, s'il croit que je vais me dégonfler. Je m'assois sur les marches et j'attends que monsieur muscles se pointent.

Les heures s'allongent et ma mauvaise position me torture les côtes. Je me lève pour me dégourdir les jambes, sort mon téléphone et appelle Luna. Olive n'a pas repris connaissance. Je raccroche et je compose le numéro de Marc. Au bout de trois sonneries, je commence à regarder autour de moi quand je le vois arriver avec un sac de course. Je m'oblige à rester immobile le plus que je peux et ne pas l'étrangler. Il passe à côté de moi, sans rien dire et je le suis. Inutile de se faire remarquer en pleine rue. Nous montons tous les deux dans le petit ascenseur exigu, il est tellement petit que je suis collée contre Marc. Je soupire, souffle, me tortille, porte mon poids sur une jambe puis l'autre et enfin les portes s'ouvrent sur le penthouse. Marc a toujours eu de l'argent contrairement à moi qui ai dû travailler dur. Il insère la clef dans la serrure d'une lenteur qui met à mal ma patience, nous entrons enfin dans son appartement chic. Il passe devant moi, pose son sac sur l'îlot central et me fait face.

- Si tu n'es pas auprès d'Oli, c'est que tu sais.
- Ne l'appelle pas comme ça, m'emporté-je, c'est Olive. Pourquoi c'est toi qu'on doit contacter en cas d'urgence ??
- C'est Oli qui a fait le changement, elle pense qu'il y a trop d'affection entre vous et que tu ne voudras pas la débrancher le cas échéant.

Il m'explique tout ça sans vraiment me regarder. Il range ses courses pour ne pas m'affronter. J'attends qu'il termine et m'assois sur un tabouret haut. Marc nous sert un café, il sait pertinemment que je n'aime pas ça. Il y a quelque chose qui cloche. Mère-poule ne me dit pas tout, il a un comportement étrange. Je pousse ma tasse dans sa direction.

- Je n'aime toujours pas le café, mère-poule.
- Merde ! Arrête avec ça, je prends juste soin de vous.
- Qu'est-ce que tu ne me dis pas ?

Il ne me répond pas, me tourne le dos et verse le contenu de la tasse dans l'évier pour me faire un vrai cappuccino.

- Je sors avec Olive.
- Ouais je sais, tu l'emmènes au cinéma parfois.
- Non, Lucas. Je suis avec elle depuis plusieurs mois.

Marc se campe sur ses jambes, prêt à en découdre s'il le faut. Ce con est avec ma petite sœur, il faut que je respire et que je me calme. Je passe mes mains dans mes cheveux, les tire, je ne lâche pas Marc du regard. Je me remets en question, je n'ai rien vu, ils n'ont jamais rien laissé paraître. Je tourne en rond ne sachant pas comment réagir, je suis agité et n'arrive pas à me calmer. J'ai envie de lui péter la gueule, de lui faire ravaler cette assurance insolente.

- Écoute Lucas, ta sœur, je l'aime depuis toujours et bien plus que ma propre vie. J'ai été là pour elle dans les bons moments comme dans les mauvais. Je ne compte pas lui faire du mal. Mes intentions sont bonnes et je m'engage auprès de toi de rester auprès d'elle autant qu'elle voudra de moi.

Mon regard s'adoucit et Marc s'en aperçoit et se détend aussitôt. Il s'assoit, boit une gorgée de son café et m'invite à en faire autant. Je ne sais pas comment réagir, mon cerveau tourne à plein régime. J'avale mon cappuccino difficilement.

- Et toi mec ça va ?
- Oui, enfin non. Zophiel a perdu le bébé.
- C'est pour ça que tu as tout pété chez toi ?
- Ouais.
- Il va falloir que tu gères ta colère.
- Je n'ai pas le temps avec ces conneries

Je finis d'une traite mon cappuccino et décampe de chez Mère-Poule. Je sais qu'il n'en a pas fini, mais je n'ai pas envie d'écouter me faire la leçon.

Luna tient la main d'Olive et lui lit un de ces romans à l'eau rose. Ma sœur est toujours inconsciente et je ne comprends pas son état. Je laisse sa meilleure amie finir son chapitre et je la remercie pour ces quelques heures passées auprès d'elle. Elle m'embrasse furtivement sur la joue et je prends sa place. Je regarde ma sœur et je ne peux m'empêcher de penser qu'elle fricote avec mon pote. Un frisson me parcourt, mais je ne dois pas être un obstacle à son bonheur. Mère-poule est un type bien et si Olive ne serait pas ma sœur, je serais heureux qu'il prenne soin d'elle. Je m'enfonce dans le fauteuil et pose ma jambe gauche sur mon genou droit, le bras posé sur l'accoudoir et la tête dans ma main, je laisse vagabonder mes pensées. Les minutes se transforment en heure et bientôt la nuit est là. Une infirmière passe prendre les constantes d'Olive et je lui demande une couverture pour rester auprès de ma sœur. Elle accepte volontiers et revient avec un oreiller en plus. La jeune femme m'informe que le siège s'allonge pour plus de confort. Je la remercie et m'approche du lit. Olive a toujours les sondes d'oxygène et les électrodes sont toujours collées à sa poitrine qui se soulève doucement. Je ne peux m'empêcher de regarder tous ses fils qui sortent de sa chemise et qui la maintiennent en vie. Je l'embrasse sur le front, lui remet une mèche en place, lui presse la main et lui dit que je reste là cette nuit et que je l'aime. Je m'installe de nouveau dans le fauteuil et mon portable émet un bip. Je le cherche des yeux et finit par le trouver dans le petit sac que j'ai préparé avant de revenir à l'hôpital. Un SMS attend d'être lu et je découvre que c'est Zophiel qui me présente ses excuses et qu'elle veut qu'on aille boire un café. Je n'avais pas pensé à elle de la journée. J'étais trop occupé et préoccupé pour me dissiper. Je soupire, ma vie est un vrai champ de bataille, je donne un coup d'œil à Olive qui est toujours inconsciente. Je lui réponds un laconique ok et éteins mon téléphone.

Mon sommeil est plutôt agité et je suis souvent réveillé par les bruits qui m'entourent. J'entends la voix d'Olive, ce qui finit par me réveiller complètement. À ses côtés, Marc est là et se penche pour un rapide baiser. Je détourne le regard, il est trop tôt pour que je vois ces deux-là ensemble. Je me redresse et toussote, les deux paires d'yeux se tournent vers moi. Olive est faible et pâle, mais me tend la main vers moi.

- Alors ma belle, tu nous as encore fait une belle frayeur, lui dis-je en l'embrassant sur le front.

Elle ferme les yeux un instant et une larme perle au coin de son œil. Je l'essuie délicatement du pouce et lui presse la main. Un sourire timide étire ses lèvres et elle regarde amoureusement mère-poule. Je m'assois au bord de son lit, ce qui attire son regard vers moi.

- C'est sérieux entre toi et mère-poule ?
- Oui, je crois, dit-elle en soutenant mon regard.
- Je te préviens s'il te brise le cœur, je le démonte.

Elle pouffe de rire avant de me répondre.

- Ne t'inquiète pas, Grand-frère, mon cœur ne risque plus rien.

Je lui fais un clin d'œil complice et tape mon point contre celui de Marc. Je leur laisse leur intimité, récupère mon sac et me dirige vers le bureau du médecin. Après avoir mis les choses au clair avec ce dernier, je sors mon téléphone et appelle Zophiel qui répond au bout de deux sonneries.

- C'est Lucas.
- Je sais.
- Rejoins-moi à la cafétéria de l'hôpital d'Orléans.

Un hoquet de surprise me répond et je raccroche. Je descends les étages pour me diriger vers la cafétéria. Je me dirige vers une femme maigrichonne, les cheveux blonds rassemblés strictement en un chignon serré et aux yeux bleus vides de toute émotion. Elle me fait froid dans le dos. Je lui commande un cappuccino et deux pains au chocolat et je m'installe à une table face à l'entrée. Je termine ma boisson chaude et entame ma seconde viennoiserie quand je la vois arriver. Zophiel est magnifique. Ces cheveux bruns lui tombent en cascade dans le dos, un fin ruban les retient pour ne pas qui lui tombe dans ses yeux gris. Elle est habillée sobrement, un jean blanc et un débardeur rose. À son bras pend un petit sac blanc et dans ses mains les clefs de sa voiture. Son regard balaye la salle avant de s'arrêter sur moi et qu'un petit sourire illumine son visage. Je pose mon pain au chocolat et m'essuie les mains sur une serviette et me lève. Zophiel arrive à ma portée, ne sachant pas comment me comporter, je ne fais rien. Toujours ce parfum de fraise et de menthe qui m'envahit et qui me fait tourner la tête. Elle s'assoit et je lui offre un café et je reprends un cappuccino.

- C'est un drôle d'endroit pour une explication, essaie-t- elle de plaisanter.
- Ma sœur est hospitalisée au service cardiologie. Je dois rester près d'elle.

Zophiel se rembrunit, s'excuse pour sa maladresse et prend son café dans ses mains pour se donner contenance. J'ai du mal à la quitter du regard, elle est tellement belle et radieuse, malgré les cernes qui lui mangent le visage. Nous restons un moment sans rien dire, cela ne me dérange pas. Nous nous observons l'un et l'autre et aucun de nous ne veut rompre la bulle qui nous enveloppe. Derrière Zophiel, le médecin d'Olive cherche quelqu'un du regard. Je me redresse et reste à l'affût. Zophiel remarquant mon trouble se retourne et le médecin se dirige vers nous. Il s'arrête essoufflé.

- Désolée de vous déranger, Monsieur. Nous emmenons votre sœur au bloc, il faut que vous montiez si vous souhaitez la voir avant qu'elle parte.

Je ne sais pas ce qu'il se passe et je ne prends pas le temps de lui demander. Je recule ma chaise qui heurte le sol quand je me lève et je me précipite auprès de ma sœur. Mon cœur bat la chamade et je grimpe les escaliers quatre à quatre. Je m'arrête en plein milieu, mes côtes fêlées se rappelant à moi. Je souffle comme un bœuf et continue mon ascension. Devant la chambre de ma sœur se trouve un homme habillé de blanc avec une charlotte sur la tête et plusieurs femmes, certainement des infirmières se trouvent auprès de lui. Je ne comprends pas ce qui se passe. Je m'approche intimidée et le cœur au bord des lèvres. L'homme lève les yeux vers moi et me tend sa main.

- Bonjour, je suis le docteur Morigo et c'est moi qui vais opérer votre sœur.
- Que se passe-t-il ?
- Nous allons lui transplanter un nouveau cœur.

Mes jambes se dérobent sous moi, le médecin me retient et me fait asseoir sur une chaise en plastique.

- Vous allez bien ?
- Je suis sous le choc, je pensais que son état s'était détérioré.
- Pas du tout. Votre sœur est à nouveau stable et nous allons profiter de cette fenêtre de tir pour l'opérer. Le cœur arrive par hélicoptère, nous

allons nous préparer et dès qu'il sera là, nous pourrons commencer l'opération.

Je ne peux que hocher la tête, ma sœur va avoir un nouveau cœur et elle va pouvoir vivre. J'entends des pas dans le couloir qui s'approche, je me retourne et voit Zophiel accompagné du médecin qui arrive. Mon regard s'accroche à celui de Zophiel et elle s'approche de moi, comme si j'étais une bête enragée.

- Tout va bien ?
- Ma sœur va avoir un nouveau cœur. Il faut que j'aille la voir.
- C'est une très bonne nouvelle. Va, je repasserai plus tard.

Je la plante dans le couloir et je sens son regard me suivre jusque dans la chambre. Marc est assis dans le lit et son large torse prend toute la place. Olive est dans ses bras, souriante et je pense même qu'elle a pris une légère teinte rosée. Je ne sais pas ce que c'est deux là, on fait pendant mon absence et je ne veux pas le savoir. Un frisson de dégoût me parcourt. Marc regarde ma sœur comme la huitième merveille du monde, c'est à cet instant que je me rends compte de l'amour que mon pote porte à ma sœur. Je fais un pas de plus dans la chambre et les deux amoureux se tournent vers nous.

- Je vais avoir un nouveau cœur, m'annonce-t-elle.
- Je viens de voir ton chirurgien, c'est super. Je suis content pour toi. Il y a quelqu'un qui t'a expliqué ce qui allait se passer ?
- Oui, il n'y a plus qu'à attendre mon nouveau cœur. Tu es revenu avec une amie ?

Je ne vois pas de qui elle parle et je regarde par-dessus mon épaule. Zophiel est toujours dans le couloir, le regard fixé sur moi. Je suis gêné et ne sais pas trop comment la présenter à ma sœur. Je ne lui en ai jamais parlé. J'ouvre la bouche pour faire court, mais Zophiel me coupe l'herbe sous le pied.

- Salut, dit-elle en rentrant dans la pièce. Félicitation pour votre cœur, j'espère que tout se passera bien pour vous. Je suis Zophiel une très bonne amie de Lucas. Je suis venue le soutenir.

Marc se détourne un peu de ma sœur et ricane. Olive lui donne un coup de coude dans les côtés. Il sait très bien ce qui nous lie Zophiel et moi et il ne me trahira pas auprès de ma sœur. En les regardant comme ça, aussi complice, je me demande si Olive n'est pas déjà au courant. Je m'installe dans le fauteuil qui m'a vu dormir et je les laisse discuter de tout et de rien avant que deux infirmières nous mettent à la porte. J'embrasse ma sœur sur le front et lui dis que tout va bien se passer et que je veille sur elle. Marc s'approche d'elle et lui donne un baiser, il lui murmure quelque chose qu'eux seuls entendent. Cela m'agace, mais je ne dis rien. Olive a le droit d'être heureuse, même si c'est avec mon pote. Nous redescendons dans un silence de plombs à la cafétéria, Zophiel offre un café à Marc et mon cappuccino. La longue attente commence et mes compagnons ne me sont d'aucune aide. Je jette des œillades à Marc qui a les yeux rivés sur son téléphone. Zophiel est à côté de moi et je n'ose pas la regarder, tellement je suis nerveux. Marc me surprend à le regarder et un sourire en coin étire un peu ses lèvres. Il prend une gorgée de café avant de s'adresser à Zophiel.

- Alors comme ça, c'est vous qui faites battre le cœur de mon ami et qui le détruit aussi ?
- Ferme-la mère-poule !
- Quoi ? Ce n'est pas vrai peut-être ?

Je le foudroie des yeux et me lève, cela fait plusieurs heures que je suis assis et j'en peux plus. Je remonte tranquillement à l'étage pour avoir des nouvelles, mais on me dirige dans un autre service et on me fait patienter dans une salle d'attente où je ne croise personne. Je regarde l'heure à ma montre et il est plus de 15 h. Cela ne fait que deux heures qu'elle est partie au bloc opératoire. Une femme et un homme sortent par des portes sécurisées et je les interpelle. La femme m'informe qu'elle n'est pas encore sortie et que je devrais rentrer chez moi. Je la remercie et la fatigue me tombe dessus. Je vais suivre son conseil et commencer à me diriger vers la sortie. Sur mon chemin, je rencontre mes deux compagnons et je leur répète ce que m'a dit la femme. Marc décide de rester et il passera chez lui quand je serai de retour. Zophiel décide de m'accompagner chez moi. Nous sortons donc de l'hôpital et elle décide de laisser sa voiture sur le parking.

Je dépose mes clefs dans le vide-poche à l'entrée et Serpentard se faufile entre nos jambes pour sortir. Zophiel ferme la porte derrière elle. Je l'informe que je vais dans la salle de bain. Une douche éclaire plus tard et des vêtements propres, je retourne auprès de mon invité. Elle est assise sur le canapé, les chevilles croisées et les mains posées sur ses genoux. Je ne l'avais jamais vu autant sérieuse et stressée. J'attrape un paquet de biscuit dans un placard et m'assois en face d'elle. J'aimerais dire que l'atmosphère est tendue, mais pas du tout. Nous échangeons des banalités, sans entamer le sujet qui me brise encore le cœur et des biscuits. Je suis épuisé pour me battre contre elle et contre ce que je ressens. Le paquet est terminé, je l'informe que je vais me reposer. Elle me suit, quelques pas en arrière et je me fige au pas de la porte.

- Où vas-tu ?
- Laisse-moi t'accompagner. Je serais sage promis. Nous n'avons pas encore parlé de nous deux.
- Zophiel, tu as Alexandre. J'ai mes côtes douloureuses qui me le rappellent à chaque instant.
- J'ai coupé les ponts, précise-t-elle.

Je la regarde étonné sans comprendre ce qu'elle me dit. Je n'ai pas le courage de lui demander de répéter ni si ce qu'elle me dit est vrai. Zophiel fait un pas dans ma direction. Encore ce foutu parfum fraise-menthe qui vient me chatouiller les narines. Je suis exténuée et quand elle se rapproche encore un peu, je ne la repousse pas. Je sens ses mèches de cheveux sur mon visage, son nez caresse le mien, je regarde ses lèvres et je ferme les yeux. Zophiel pose délicatement ses mains sur mes côtes et réduit l'espace entre nos bouches.

Quand j'ouvre les yeux, il fait déjà nuit. Zophiel est dans mes bras nue. Qu'est-ce que j'ai encore fait ? Oui, c'est une question stupide. Les souvenirs me reviennent, Zophiel qui m'embrasse d'abord timidement et de plus en plus passionnée. Je n'ai pas pu résister, mon attirance pour elle était trop forte. J'attrape mon téléphone et je vois de nombreux appels de Marc. Je bondis du lit tout en l'appelant. Zophiel se réveille un sourire barrant son visage, mais qui disparaît très vite quand elle voit mon agitation. Putain, il ne répond pas ! J'attrape mes fringues et m'habille en deux secondes sous les yeux de ma partenaire. Je lui ordonne de s'habiller, mais elle ne bouge pas. Je m'agace, compose une nouvelle fois le numéro de mère-poule et met sur hautparleur le temps de mettre mes chaussures. Messagerie ! Bordel qu'est-ce qui se passe ? Mes yeux se posent sur le réveil de la table de nuit, il est presque minuit. Je m'en veux, Olive doit se réveiller et moi, je suis là à dormir. Quel connard je fais !

- Quelque chose cloche ?
- Putain, Zophiel ! Ma sœur …, dis-je sans en dire plus.
- Je comprends… mais nous ?
- C'était une erreur, d'accord. Je t'aime, mais tu m'as fait du mal. Tu me prends, puis tu me jettes et ainsi de suite. Je ne veux pas être la roue de secours. On n'aurait jamais dû se laisser aller à nos émotions.

Je ne la regarde pas, j'ai honte de moi, j'agis comme un salaud et dans la précipitation, je manque de tact. Suis-je devenu ce genre de type ?

Zophiel n'a pas le temps de me répondre que Marc me rappelle.

O L I V E

Je me réveille une fois de plus à l'hôpital. Je suis fatiguée et j'ai peur de l'avenir. Je sens bien que je suis à bout de force. Je m'oblige à garder une attitude positive pour mon frère. Il est pâle, les traits tirés, les cernes lui mangent le visage et l'étincelle de joie dans ses prunelles est complètement éteinte. Je me fais du souci pour lui. Impossible pour moi de le questionner, il ne me dira rien pour me protéger. Je sais à qui m'adresser, Marc.

Je suis soulagée que Lucas sache pour nous deux, je ne supportais pas de lui mentir. Il a plutôt bien réagi, même si je ne doute pas que la conversation a dû être houleuse avec mon chéri. Lucas a développé un réflexe de protection très accru. Lui et moi avons toujours été seuls et il a pris son rôle de grand frère très au sérieux. Un lien indescriptible et indestructible, j'aime mon frère plus que tout et je ferai tout ce qui est en mon pouvoir pour le rendre heureux.

Lucas est une personne exceptionnelle, je l'admire beaucoup pour les efforts qu'il a donnés pour nous sortir du besoin. Travailleur, il ne compte pas ses heures au bureau ni celles sans sommeil. Il veille sur moi comme le lait sur le feu et je serais éternellement reconnaissante de tout ça.

Aujourd'hui, mon grand-frère m'inquiète, car quelque chose n'est pas normal. Son comportement est étrange et il refuse de me parler. Marc ne me lâche que quelques informations sans importance, je sens que c'est cette femme qui à la clef à mes réponses. Je vais l'interroger et découvrir ce qui fait autant de mal à mon frère.

Olive

CHAPITRE 5

Il est 1 h du matin quand j'arrive à l'hôpital. Je cours dans les couloirs sous le regard désapprobateur du personnel soignant. J'arrive dans le service de réveil où se trouve Mère-poule. Il a la tête dans les mains et ne m'entend pas arriver. Je lui touche l'épaule et il sursaute. Il a les yeux rouges d'avoir pleuré. Je m'assois à côté de lui et nous sourions comme deux idiots. Olive est sortie et on attend qu'elle se réveille. L'opération s'est bien déroulée et je suis soulagée de savoir ma sœur hors de danger pour le moment. Un médecin nous informe qu'elle est réveillée et que nous pouvons la voir un instant chacun notre tour. Je laisse ma place à Marc et j'attends mon tour sur les chaises en plastique. Nous n'avons le droit qu'à quelques minutes chacun pour ne pas fatiguer Olive. Cela me paraît trop peu, mais attendre que Marc revienne est longue. Je le vois enfin arrivé, un sourire timide aux lèvres, cette montagne de muscles est complètement accro à ma sœur. Je ne regrette pas d'avoir retenu mes coups, même si cela me fait chier de savoir qu'il pose ses grosses paluches sur elle.

La chambre n'est pas très lumineuse et ma sœur papillonne des yeux quand elle me voit rentrer dans sa chambre. Un faible sourire illumine son visage pâle et je suis heureux de la voir consciente. Je m'approche d'elle n'osant pas la toucher, car elle est encore branchée à des machines. Elle me tend la main et je lui donne la mienne. Impossible pour moi de la quitter du regard. Je l'embrasse sur le dos de sa main. Je n'ose pas parler, je ne veux pas qu'elle se fatigue. Je m'assoie au bord du lit, je reste en équilibre, manquant de tomber, c'est sans importance.

- Je suis en vie, murmure Olive.
- Tu es en vie.

Les larmes coulent sur son visage et je les essuie tendrement. Nous savons tous les deux que le combat ne fait que commencer et que son corps pourrait rejeter le greffon. Pour l'instant, nous soufflons et profitons de cette accalmie bienvenue. Je reste bien plus longtemps à veiller sur ma sœur qui s'est endormie et je me fais mettre dehors par le médecin qui fronce les sourcils. Il la transfère dans le service de réanimation et je la suis. J'informe Marc et lui dit qu'il peut rentrer et faire une pause que je prends le relais. Je ne bouge pas tant qu'il n'est pas revenu. Je vais pouvoir travailler de l'hôpital, car j'ai pensé à prendre mon ordinateur. Je m'installe dans un fauteuil dans sa chambre sous les yeux horrifiés du personnel soignant. Je leur fais un beau sourire. Je leur promets de ne pas me servir de mon ordinateur dans la chambre et de sortir de temps en temps. Olive dort alors j'en profite pour descendre à la cafétéria pour prendre un cappuccino et travailler un peu. J'ai mon téléphone à portée de main et les soignants doivent m'appeler dès son réveil. Marc me rejoint quelques heures plus tard, il m'informe qu'il est passé voir Olive, les soignants lui faisaient des soins. Il s'assoit, prend un café et nous discutons. Mon téléphone sonne et nous remontons voir Olive.

Les jours se déroulent toujours de la même façon, je reste avec Olive le matin et Marc prends le relai l'après-midi. Nous mangeons tous les deux à la cafétéria pour échanger sur l'état de santé de ma sœur et son moral. Aucune complication n'est à déplorer, c'est une vraie réussite. Peu à peu, je recommence à mieux respirer. Aujourd'hui, ma sœur est remontée en cardiologie. Elle a repris des couleurs et elle se fatigue beaucoup moins qu'avant. Le médecin qui la suit pense qu'elle pourra intégrer un centre de convalescence la semaine suivante. C'est une excellente nouvelle. J'accompagne Mère-poule auprès de ma sœur pour l'embrasser avant de partir. Il rentre le premier dans sa chambre, mais il fait demi-tour en me poussant. Il est blême et bégaie même un peu. Je le contourne et il secoue la tête frénétiquement. J'entre et je vois Zophiel au pied du lit de ma sœur. Son regard accroche le mien qui tambourine à tout rompre. Qu'est-ce qu'elle fout là ? Je souris à ma sœur, lui dit au revoir et entraîne Zophiel dans mon sillage pendant que mère-poule entre dans la chambre. Une fois à l'extérieur de l'hôpital, j'explose :

- Putain ! À quoi, tu joues ?
- Bonjour à toi aussi, Lucas. Je suis venu présenter mes vœux de rétablissement à ta sœur.
- Tu la connais même pas !
- Oui, mais je te connais, toi. Je sais qu'elle compte beaucoup pour toi.

Je la regarde de la tête au pied et je la trouve changée. Elle m'a l'air plus confiante, plus libre. Il est peut-être tant d'avoir cette conversation qui plane entre nous. Je tente de me calmer, marche, respire profondément. Je finis par lui demander si elle veut boire un café à la maison. Surprise, elle accepte. Je la raccompagne silencieux à sa voiture et rejoins la mienne. Je ne suis pas serein, j'appréhende un peu ce qu'il va en sortir. J'ai peur de ce qu'elle va m'avouer. La seule façon de savoir c'est de se parler. Nous arrivons très vite chez moi, je la fais entrer et lui sert son thé. Chacun a le nez dans sa tasse et personne n'a envie d'affronter cette conversation, mais je me lance.

- Je pense qu'on devrait se parler de ce qu'il s'est passé, lui dis-je.
- Hum, hum.
- Pourquoi tu es partie ?
- Je devais le faire, au début, je ne savais pas vraiment pourquoi. Je sentais qu'il était tant pour moi d'affronter Alexandre.
- Tu as brisé notre couple, en partant comme ça, sans rien dire. Pourquoi tu ne m'as rien expliqué ? Pourquoi être partie sur un coup de tête ? Pourquoi affronter Alexandre ?
- J'avais peur que tu m'en empêches et je devais partir, m'affirme-t-elle en plongeant dans sa tasse. Quand je suis arrivée au Japon, Alexandre était très gentil et attentionné, surtout quand je lui ai révélé pour .... Enfin, tu sais. Il est très vite devenu surprotecteur et étouffant. Il voulait me contrôler, me surveiller et il était terrifié que je rentre en France. J'ai fait

une chute dans l'escalier en me précipitant pour partir pendant qu'il était absent. C'est là que j'ai fait ma fausse couche, j'étais enceinte de huit semaines. J'ai fait mes valises et je suis rentrée en France, seule.

- Pourtant, il est bien là. Il m'a pété la gueule, sans raison. Il m'a agressé Zophiel dans ma propre maison. Je n'ai pas porté plainte, mais j'aurais pu.

- Je suis désolée. Il venait d'atterrir, il avait pris un avion après le mien. Quand Béa m'a raconté, j'ai décidé de couper les ponts avec lui. Je l'avais déjà prévenu que s'il te touchait, c'était fini.

Je plonge mes yeux dans les siens et je peux y voir une larme perlée. Je contourne la table, je la prends dans mes bras et un nuage m'enveloppe de fraise à la menthe. Zophiel m'émeut et malgré tout, je l'aime plus que tout. Je suis en colère contre Alexandre. Ce mec est un véritable connard, je ne sais pas ce qu'il me retient d'aller lui refaire le portrait encore une fois. Je me détache de Zophiel à contre cœur, elle a toujours ce pouvoir hypnotisant et magnétique sur moi. Elle m'attire sans rien faire, juste en étant là. Elle se lève, passe ses bras autour de ma taille et pose sa tête sur mon torse. Je l'enlace à mon tour et je me sens enfin complet. Mon cœur se libère et les morceaux se recollent maladroitement. Une cicatrice se forme encore sanguinolente, il faudra du temps pour qu'elle s'apaise. Mes sentiments s'apaisent à son contact et ne reste que l'amour que je lui porte. Je ne sais pas ce que nous allons faire ni ce que nous allons devenir. Je suis motivé à ne plus me faire marcher sur les pieds et ni à prendre des coups. Zophiel s'écarte un peu de moi, les larmes se tarissent et un sourire illumine son visage. Nos yeux sont plongés dans ceux de l'autre, nos lèvres ne sont qu'à quelques centimètres, j'aurais juste à baisser le menton pour qu'on se touche. Je la serre un peu plus contre moi, refusant de céder une nouvelle fois à mon envie de l'embrasser. Je lui caresse le dos et je laisse toute la tension de notre relation s'évacuer, toute la frustration et la rancœur se détacher de notre peau. Je veux bien faire les choses cette fois-ci. J'invite Zophiel pour un rencard en bonne et due forme. Celle-ci accepte qu'on aille au restaurant. Ce ne sera pas pour cette semaine, j'ai du travail par-dessus la tête, mais pour le lundi suivant. Je la relâche complètement, nos regards se fixent l'un à l'autre et je l'embrasse sur le haut du crâne. Je raccompagne Zophiel à la porte, une fois qu'elle a regagné sa voiture et que je ne vois plus les feux arrière, je rentre pour me mettre au travail. J'ai un sourire idiot qui ne me lâche pas.

J'allume mon ordinateur et check mes mails perso. Un seul attire mon attention celui de mon ex, Lucie. Elle doit être en prison ou libérée, enfin, je ne sais pas, je n'ouvre aucun de ses mails. C'est une personne néfaste qui m'a fait beaucoup souffrir et elle s'en est pris à Zophiel. J'efface son message en même temps que les pubs qui remplissent ma messagerie. Direction les mails pros, je découvre de nouveaux dossiers que ma secrétaire m'a transféré par mail, le temps que je retourne au boulot. Je les imprime, préférant travailler sur le papier, beaucoup plus facile pour moi d'annoter les pages. Dans le lot, des arrivants, il y a Marc, je commence par son dossier qui me surprend par le nombre de pages qu'il contient. Je lance l'impression et file dans la cuisine me chercher un cappuccino et quelques cookies. Je pose ces derniers à côté de mon ordinateur et me dirige vers l'imprimante de mon bureau. Les pages sortent lentement et je tape du pied en attendant que le dossier soit complet. Sur une feuille, Isabella a souligné un paragraphe qui attire mon attention. J'attrape la feuille et j'en lâcherai ma tasse que je tiens à la main. Il y a forcément une erreur, je repose la feuille et fébrile, j'attends que l'imprimante termine son travail.

Cela fait plusieurs heures que je lis et relis le dossier de Marc. Il y a juste deux problèmes : la somme qu'il me confie n'est pas correcte et le paragraphe souligné par Isabella. Celui-ci concerne ses comptes bancaires. Il y a des retraits d'argent importants régulièrement. En tant que professionnel, je sais ce que ça peut cacher, addiction quelconque (jeux, drogues…), chantage, dépenses peu louables… C'est mon pote, mais je ne vais pas prendre le risque qu'on me soupçonne de blanchiment d'argent. Je travaille jusque tard dans la nuit épluchant chaque ligne de compte sur les six derniers mois. J'établis une simulation des différents torrents que je compte exploiter pour le compte de mère-poule. J'établis un contrat qui me semble judicieux. Je le fais en quatre exemplaires, deux avec les sommes dites oralement et deux avec les sommes écrites. Je me lève pour appeler mon ami, mais en saisissant mon téléphone me rencontre qu'il est 4 h du matin. Je ferme mon téléphone après avoir envoyé un mail à Isabella avec les propositions et les contrats. Une note accompagne le tout pour qu'elle laisse ça en suspens.

Je me lève tard ce jour-là et j'arrive à l'hôpital qu'à 11 h. Olive reprend des forces et elle m'a l'air sereine. Elle me confirme qu'elle partira en centre de repos la semaine suivante. Les visites seront sans doute limitées, mais elle m'appellera. Ma sœur est courageuse et je suis fière d'elle. J'espère qu'elle pourra reprendre une vie normale et que tout ça est derrière nous. Nous discutons de ses projets et des miens quand Marc rentre dans la pièce. Il embrasse ma sœur sur la bouche et ça me fait toujours tout drôle. Ils se disent des mots d'amour, sortez-moi de là, je vais vomir. Bordel, c'est de ma sœur qu'il s'agit, je me racle la gorge pour leur faire signe que je suis là. Olive se marre et lance un clin d'œil à celui qui a intérêt de se comporter correctement sinon je lui fais avaler ses couilles. Je lève les yeux au ciel quand ce dernier embrasse une nouvelle fois ma sœur.

- Alors, il se passe quoi entre toi et Zophiel ? C'est une meuf sympa, elle passe régulièrement me voir. Elle m'apporte du chocolat, ils sont hyper bons.

Je ne m'attendais pas à ce que ma sœur me pose la question. Je reste un moment surpris et je lui raconte comment on s'est rencontrés avec Zophiel.

- Oh, mais alors c'est grâce à moi si tu l'as rencontré, s'enflamme-t-elle.
- Ouais si tu veux. Ensuite, ça, c'est compliqué, il y a toujours eu son meilleur ami entre nous. Il est amoureux d'elle à ce que j'ai compris, mais c'est un sentiment pas partager. Ils sont très proches, enfin, ils étaient.
- Pourquoi ? Tu ne lui as pas demandé de choisir, j'espère ?
- Pour qui tu me prends. Une fois que je pensais qu'on était en couple, elle est partie le rejoindre au Japon avec… en étant enceinte.
- Quoi ?? Je vais être tata ?
- Non, elle l'a perdu, dis-je en me levant pour leur tourner le dos.

Je passe une main dans mes cheveux et les tire légèrement. Une larme m'échappe et je la chasse rapidement. Mon regard se perd au loin et je me rends compte que j'aurais bien aimé être papa. Ma colère contre Alexandre est toujours aussi vive, je voudrais le massacrer. Marc, resté silencieux jusque-là, me met une main sur l'épaule pour me réconforter. Il essaie de trouver les mots pour enlever ma peine, mais rien y fait. Cet enfant restera dans ma tête, je ne pourrais pas l'oublier si facilement. Une infirmière rentre et nous demande de partir pour les soins. J'embrasse ma sœur sur le front et lui dit que je reviendrai le lendemain. Elle soupire. Moi, envahissant, jamais ! Marc l'embrasse et je détourne les yeux et sors pour leur laisser une minute. Mère-poule sort et je lui indique qu'il faut qu'on parle, je n'ai pas oublié son dossier, mais je ne veux pas stresser ma sœur.

J'arrive à mon bureau que j'avais délaissé depuis trop longtemps. Je salue Isabella d'un sourire et lui demande de ne pas me déranger. Je rentre le premier et laisse Marc passer. Je ferme la porte derrière lui, accroche ma veste à la patère et nous guide vers le coin salon. En passant vers mon bureau, j'attrape la chemise bleue où se trouve le dossier de mon ami. Je lui donne déjà la première simulation avec les 100 000€ qu'il m'avait parlé. Il fronce les sourcils d'un air soucieux.

- Lucas, je crois qu'il y a un problème dans ton document. Tu n'as pas eu les dernières infos.
- Celles où tu veux me confier 10 000 000€ ? Tu sors d'où tout ce fric ?
- Je ne vais pas te mentir, donc je ne vais rien te dire.

C'est à mon tour de froncer les sourcils. Je sors les six mois de relevés de compte avec les retraits qui posent soucis surlignés en fluo. Je lui jette sur les genoux. Son regard est étonné et curieux. Il attrape les documents pour les lire.

- Tu pensais vraiment que je n'allais pas m'en rendre compte ? Tu me prends pour un con ou quoi ? C'est quoi ces sommes d'argent qui sort de ton compte ?
- Je suis désolé, mais je ne peux rien te dire.
- Tu ne peux rien m'expliquer ? Tu te fous de moi ?
- Non, je ne veux pas briser ma promesse.

- Putain, mère-poule ! Dans quoi tu t'es fourré ? Tu sais bien que si tu ne peux rien m'expliquer, je ne peux pas traiter ton dossier. J'ai travaillé dur pour mon entreprise, je ne prendrais aucun risque.

Marc se lève, se dirige vers la baie vitrée, sort son téléphone de sa poche et passe un coup de téléphone. Il explique brièvement la situation et d'un hum hum raccroche. Il revient s'asseoir en face de moi.

- C'est pour Oli.
- Ne l'appelle pas comme ça crétin ! Je viens à ses besoins, de quoi tu parles ?
- Oli ne voulait pas t'en parler, mais elle a eu des soucis d'argent. Son patron la virée et avec ses problèmes de santé, j'ai dû l'aider financièrement. Ne t'emballe pas, elle savait que si elle t'en parlait, tu péterais un câble.
- Il y a d'autres choses qu'elle me cache ?

Il secoue la tête et j'ai l'impression d'apprendre à connaître ma sœur. Elle n'est pas celle que je pensais. Je respire et sors mon chéquier.

- Je vais te rembourser, mec, c'est à moi de prendre soin d'elle.
- C'est ma femme, ce n'est pas un prêt.
- Quoi ?
- Je l'aime comme tel. Elle est merveilleuse.
- Ok, ok, dis-je en soupirant, il m'a fait peur ce con. D'où sortent ces 10 000 000€ ?
- L'héritage, soupire-t-il.

Je ne le crois pas, mais je ne peux pas l'obliger à me dire la vérité. Professionnellement parlant, je n'ai pas à lui en demander plus, mais amicalement, je suis déçu qu'il ne me fasse pas plus confiance. J'appelle Isabella et l'informe des derniers éléments pour compléter le dossier. Marc me confirme la somme et valide mes prévisions.

La fin de la semaine s'est déroulée sans anicroche et j'ai pu rapidement rattraper mon retard dans mon travail. J'ai peu dormi, mais j'ai l'esprit libre pour aller à mon rendez-vous avec Zophiel. Je lui envoie un SMS pour l'informer qu'un chauffeur viendra la chercher. Je n'aurais pas le temps de passer chez moi me doucher et aller la chercher pour aller au restaurant que je nous ai réservé. Je finis de clore le dossier que j'ai entre les mains et je sors de mes bureaux en saluant Isabella. Ma voiture attend sagement dans le parking, je m'engouffre à l'intérieur et direction ma petite maison.

Comme à son accoutumé, Serpentard m'attend. Cette fois-ci, il est assis sur la table de cuisine et me regarde d'un air mauvais. Je m'approche de lui et lui caresse la tête. Il ronronne de plaisir et se couche sur le dos, je passe ma main dans son poil doux et soyeux. C'est un pur bonheur. Je remplis sa gamelle de croquette et une autre d'eau fraîche. Je fonce sous la douche et en ressors aussi rapidement. Je suis un peu stressé de retrouver Zophiel. Je passe mes mains dans mes cheveux et tire un peu dessus. Je respire lentement pour évacuer toutes les tensions des derniers jours. J'ouvre mon placard à costumes et j'y trouve celui des grandes occasions. Il est bleu nuit avec une chemise blanche, je boude la cravate et opte pour un boxer dans les mêmes tons bleus et blanc. Je m'habille rapidement, mais avant appel mon chauffeur pour qu'il vienne me chercher. Ce soir, je lui sors le grand jeu, je ne veux pas qu'elle regrette son choix. Celui-ci arrive quand j'attache mes boutons de manchettes. Celles-ci sont faites sur mesure et elles portent mes initiales LV pour Lucas Vial. Elles sont en or, bien sûr, et un petit diamant sépare les deux lettres. Elles ne sont pas très voyantes, mais j'y tiens beaucoup. J'espère qu'un jour, je pourrais les donner à mon fils. J'enfile ma veste, une dernière caresse à Serpentard et je file rejoindre Zophiel.

J'arrive au restaurant et elle n'est pas encore arrivée. Je m'installe à notre table et commande un whisky sans glace. Je suis tellement nerveux que ça m'aidera à me détendre. Je vide mon verre d'une traite, le serveur récupère le verre et me demande si j'en veux un autre, je refuse poliment. Mon regard vient d'être happé par la magnifique créature qui vient de rentrer dans la salle. Zophiel est à couper le souffle. La tête haute, elle dégage une nouvelle confiance en elle et rien ne pourra l'empêcher d'atteindre son but, moi. Elle est vraiment sublime dans une robe vert pastel qui souligne ses courbes à merveille. Des escarpins à lanière viennent la grandir de quelques centimètres. Ses yeux trouvent les miens, fait un signe à l'hôtesse d'accueil et me rejoint. Je me lève, accroche un bouton de veste et elle est là. Je lui souris, heureux de la retrouver ! Elle m'embrasse brièvement sur la joue et un nuage de son parfum m'étourdit un instant. Je lui tire la chaise et elle s'installe. Je défais le bouton de ma veste et m'assois à ma place. Un désir incontrôlable m'envahit, j'ai chaud tout un coup.

- Bonjour Zophiel, tu es merveilleuse ce soir.
- Merci, tu n'es pas mal non plus.
- Tu veux boire quelque chose ?
- Une coupe de champagne ?

J'arrête un serveur et lui demande une bouteille. Zophiel passe sa langue sur ses lèvres et je sens une érection s'éveiller. Je pose ma serviette sur mes genoux pour ne rien faire voir. La soirée se passe bien, Zophiel rit un peu pompette à cause du champagne. J'ai retiré ma veste, je me sens à l'aise avec elle. Elle n'a pas voulu de dessert et j'ai pris un coulant au chocolat avec ses framboises. Si elle n'a pas changé ses frivolités, elle va piquer ma gourmandise. Le serveur me l'apporte et sans plus de cérémonie, elle pique une framboise puis du chocolat. Un sourire en coin amusé, je la laisse faire. Elle se rend compte que je la regarde et elle s'excuse dans sa serviette. Je lui tends mon assiette et en commande une autre.

Mon chauffeur nous attend devant le restaurant. J'ouvre la porte à Zophiel et l'aide à monter en voiture. Elle me remercie souriante. Dans la voiture, un bouquet de roses rouges de plus de 36 tiges pour lui déclarer mon amour pour elle. Elle hoquette de surprise, mais la soirée ne fait que commencer. Du champagne, des fraises et du chocolat fondu nous attendent également dans la limousine. Je fais le tour, me faufile à l'intérieur de cette dernière et découvre ma compagne le nez dans les fleurs. Je lui réserve une surprise qu'elle n'est pas près d'oublier. Je lui serre un verre de champagne et nous trinquons à nos retrouvailles. La température dans l'habitacle augmente quand le lui fait manger une fraise recouverte de chocolat. Je décroche deux boutons de ma chemise et Zophiel me dévore des yeux. Celle-ci trempe son doigt dans le chocolat et me le fait sucer. Si elle continue comme ça, je ne vais pas pouvoir me contenir très longtemps. Je remonte la vitre qui nous sépare de mon chauffeur. Ma veste vient de tomber sur la banquette. Nous continuons à manger et à boire jusqu'à destination.

J'ai réservé une suite au dernier étage d'un hôtel avec vue sur la tour-Eiffel. La chambre est composée d'un jacuzzi et d'un balcon. Zophiel se tient à celle-ci admirant la Tour-Eiffel éclairée. Elle a les mains qui se tiennent à la balustrade. Je me tiens contre elle les mains posées à côté des siennes, ma bouche à quelques centimètres de son cou, de sa peau. Je lui raconte à quel point elle est magnifique et que j'ai très envie de l'embrasser. À ce moment, mon téléphone sonne, je le sors de ma poche de costume et vois le numéro de Marc, je réponds aussitôt.

ZOPHIEL

Lucas me laisse une chance et j'espère que tout va bien se dérouler cette fois-ci. Je ne veux pas qu'on se sépare, je ne veux pas qu'il m'abandonne encore. Mon cœur se gonfle d'allégresse et d'amour. Je me sens légère et j'ai envie de danser partout dans mon appartement. Je me prépare pour ma soirée d'une joie intense. Cela faisait bien longtemps que cela ne m'était pas arrivé.

Lucas est vraiment le compagnon idéal, attentionné et craquant. Je suis complètement sous son charme et la surprise qu'il m'a réservé est juste incroyable. Je suis à PARIS dans un hôtel avec vue sur la Tour-Eiffel ! Incroyable ! Tout est parfait quand son téléphone sonne et qu'il fuit encore. Une sensation de mal-être grandit en moi, il m'abandonne encore et les larmes coulent sur mes joues.

J'appelle la réception et me fait monter un assortiment d'alcool. Si la personne ne s'y oppose pas, j'entends son mécontentement dans la voix. Je me retiens de ne pas l'insulter. Les bouteilles arrivent et je bois par automatisme. J'attrape mon téléphone et je contacte Alexandre, une faible lumière dans mon obscurité. Il ne me répond pas, bien entendu, après notre dispute, lui aussi m'abandonne. Les larmes coulent autant que l'alcool dans mon verre. La tête me tourne légèrement, j'ai de l'endurance.

Je vide une vodka, appelle Alexandre, mais je tombe sur sa messagerie. Je sors sur la terrasse et observe Paris. Je pourrais sauter, m'envoler, l'air frais de la nuit me fait du bien et chasse les idées noires de ma tête. Je rentre dans la chambre, retire mes vêtements en me dirigeant vers la salle de bain. Je prends une douche ultrarapide dans un équilibre très précaire, me brosse les dents tout aussi rapidement, enfourne une pastille de menthe trouvée dans la pharmacie et me glisse dans les draps. J'attrape le téléphone et indique à la réception de venir ramasser les bouteilles et tout le reste. Je m'endors quelques instants après, ivre de tristesse.

CHAPITRE 6

Je suis un sombre idiot d'avoir cru possible que Marc pourrait gérer ma sœur l'instant de deux jours. Je suis parti dès que j'ai raccroché son appel. Zophiel est restée dans la suite et je la rejoindrais, je l'espère plus tard. Il est presque minuit et j'ai le pied au plancher de ma voiture de location. Olive a rejoint son centre de réadaptation, ce matin, tout allait bien, mais maintenant, elle a de la fièvre. Je grille une priorité, me fait klaxonner, je ne laisse personne passer au passage piéton, je n'ai pas le temps. J'arrive à la clinique, inquiet comme jamais et bien entendu à cette heure-là, il n'y a pas grand monde. Je m'énerve contre la petite clochette de l'accueil et une petite femme arrive en me souriant. Je demande la chambre de Mademoiselle Vial, oui, j'y tiens au "mademoiselle". La petite dame tapote sur son ordinateur et m'invite à la suivre. J'aperçois Marc assis dans le couloir et quand il me voit, aussitôt, il se lève et recule, les mains devant lui.

- Lucas, ce n'est pas ma faute.
- Je ne sais pas ce qui me retient de te péter la gueule. Putain, tu devais prendre soin d'elle deux jours, deux petits jours. Tu n'as pas tenu 24 h, crétin !

Je suis en colère et la petite dame nous invite à faire moins de bruit. Un type sort de sa chambre, grand, mince, blouse blanche et regard franc. Je l'aime bien lui. Il nous explique que tout va bien. Elle réagit bien aux médicaments, mais il lui faut du repos et surtout du calme. Je regarde en biais Marc qui en fait tout autant à mon égard. Je demande à la voir, mais c'est un non catégorique. Je hausse le ton et l'informe que je suis son frère, le médecin ne veut voir personne dans sa chambre jusqu'à nouvel ordre. Quel connard, mais en même temps…

Je sors de la clinique avec mère-poule sur les talons. Il m'attrape par ma chemise qui émet un bruit que je n'aime pas. Je me retourne et lui colle une beigne, depuis le temps que ça me démangeait. Marc se la prend en pleine mâchoire, mais cela ne lui fait rien. Il me fixe outré que j'ai osé m'en prendre physiquement à lui.

- Putain, mais tu dérailles, Lucas. Retourne auprès de Zophiel, détends-toi. Je ne rentre pas sur Orléans, je reste là près d'elle.
- Elle est toute ma famille, tu comprends ça ? Si elle rechute, s'il lui arrive quelque chose, je ne m'en remettrais pas.
- Je sais, je sais… Je suis de ton côté, ok. Je veille sur elle, je tiens à elle moi aussi.

Je prends le temps de l'observer, il a les vêtements froissés, il n'est pas coiffé ni rasé et des cernes lui dévore le visage. Je suis injuste avec lui, je m'en rends compte, il est présent autant que moi auprès d'Olive.

- Excuse-moi, je suis désolé, je me comporte comme un con. On a toujours été que tous les deux, je n'ai pas l'habitude de la laisser à quelqu'un d'autre.
- T'inquiète, ça va ce n'est rien, dit-il en me tapant l'épaule.

Je hoche la tête et je le prends dans mes bras, mère-poule est de mon côté, il faut que je me calme. Je le remercie et lui demande de me tenir au courant. Il n'y a rien qu'on puisse faire de plus. Marc va à son hôtel et moi, je retourne à Paris auprès de Zophiel. Une fois arrivée à la suite, je n'ose pas rentrer, la timidité m'emporte. Est-ce qu'elle est encore là ? J'espère, même si je ne le mériterai pas. Je souffle un bon coup et ouvre la porte. Il n'y a plus personne sur le balcon ni dans le salon. Il n'y a pas ses affaires, je retire mes chaussures et pose mes clefs. J'ai le cœur gros et j'ai l'impression de faire n'importe quoi, il faut que je me ressaisisse. Je passe dans la chambre pour prendre une douche et j'ai la bonne surprise de trouver Zophiel endormie dans mon lit. Je me dépêche de prendre un boxer propre dans ma valise et je file à la douche. Je prends le temps de laisser l'eau chaude emporter mes tracas, mon stress et mes angoisses. Une fois débarrassé de tout ça, je sors en vitesse, me sèche et j'enfile mon sous-vêtement. Je me glisse lentement dans le lit, il est chaud et je souris. Je pose ma tête sur l'oreiller et il a son odeur, je souris encore de plus belle. Si je continue, je risque de me froisser les muscles des joues. Zophiel qui me tourne le dos ne bouge pas. Je ne sais pas si elle dort vraiment. Je me colle contre elle et …. Surprise. Elle est nue ! Merde, quel con, je n'ai pas pensé à lui prendre une valise. Je ressors du lit et j'appelle la réception depuis le salon pour qu'on nous livre des vêtements demain matin. L'hôtesse m'assure qu'ils auront ce que j'ai demandé. Je retourne me coucher auprès de ma compagne. Je me colle une nouvelle fois à elle et l'enlace. Qu'est-ce que ça fait du bien de l'avoir près de moi ! Mon nez dans ses cheveux, je respire son parfum, je les décale et me niche dans son cou. Elle soupire et se colle un peu plus à moi. J'ai honte, une érection se plaque contre ses fesses. Zophiel se retourne.

- Tu es revenu, murmure-t-elle.
- Tu en doutais ?
- Absolument, me susurre-t-elle en m'embrassant dans le cou.

Cette femme va me rendre fou et j'adore ça. Elle fait glisser ses mains contre mon torse, je frissonne de plaisir. Ses lèvres cherchent les miennes et quand elles les trouvent, c'est une explosion de plaisir qui me consume. Le reste de la nuit sera torride et quand le room service toc à la porte, je n'ai pas encore dormi. J'enfile un peignoir de l'hôtel et vais ouvrir. Quelle est ma surprise de voir… Alexandre. Qu'est-ce que ce connard fait là ? Je bloque immédiatement la porte pour ne pas le laisser passer. Zophiel dort encore et je ne veux pas que cet abruti, la réveille.

- Putain, mais qu'est-ce que tu fabriques ici ?
- Tu pensais vraiment que j'allais renoncer aussi facilement ?

- Quand une femme te raye de sa vie, c'est le mieux à faire, non ? Comment tu nous as retrouvés ?

- C'est elle qui m'a appelé, car tu t'es encore barré, donc j'ai rappliqué aussitôt.

Mon sang ne fait qu'un tour, je sors dans le couloir et je le pousse contre le mur d'en face. Je lui lance un coup de poing qui lui retire son sourire de connard. Je laisse exploser ma haine envers lui. Je le frappe encore et encore et c'est un personnel de l'hôtel qui me sépare de lui. Si la dernière fois, il n'a pas compris, j'espère que c'est clair à présent. Le nez en sang, les lèvres éclatées et les arcades sourcilières en charpies, il est escorté loin de moi. Je rentre dans la chambre et je constate que Zophiel dort toujours. Je passe à la salle de bain et lave mes mains en sang. Je ne me recouche pas, une boule m'enserre la gorge et j'ai envie de vomir. J'ai fait l'amour à cette femme, mais je ne la connais pas vraiment. Est-ce moi qu'elle attendait nue ? Je suis assis dans un fauteuil qui fait face au lit. La colère gronde dans mes veines, je déteste qu'on se joue de moi. J'ai besoin d'évacuer tout ça. Je lui laisse un mot sur la table du salon. J'enfile un jogging, un t-shirt et mes baskets et je pars courir sur les bords de la seine.

Je retrouve Zophiel assise à la table du coin kitchenette avec le plateau du petit déjeuner. Je vois qu'on lui a livré ses vêtements. Je l'embrasse rapidement sur le haut de la tête et m'assois en face d'elle. J'attrape un croissant et mords dedans. Elle me regarde faire sans rien dire.

- Tu ne devineras jamais qui j'ai vu ce matin ?
- Ici ?
- Oui, ici à l'hôtel.
- Je ne sais pas.
- Alexandre. Il paraît que c'est toi qui lui as dit de venir. C'est lui que tu attendais à poil dans mon lit ?

Zophiel a un mouvement de recul comme si je l'avais giflé. Elle devient pâle et a du mal à avaler son pain au chocolat. Elle essaie de le faire passer avec une gorgée de thé.

- Je peux t'expliquer…

- Encore, la coupé-je. Combien de temps ça va encore durer ? Rassemble tes affaires, je te ramène.

Je prends mon croissant et file prendre une douche. Je dois absolument retirer toute cette transpiration et les mauvaises pensées que j'ai en tête. Au bout d'une quinzaine de minutes, je décide quand même de couper l'eau. Je me sens salis, trahis et j'ai le cœur qui saigne abondamment. Les cicatrices sont béantes et l'hémorragie ne peut être stoppée. Je souffre de cette nouvelle trahison. J'ai envie de crier et de tout casser. Ma poitrine est en train d'exploser et mes poumons brûlent sous l'effet de l'explosion. Mes jambes ne me portent plus et je tombe à genoux. Mon ventre se contracte, mon estomac se soulève et je retiens un haut de cœur. Les larmes me montent aux yeux en pensant qu'elle attendait peut-être ce connard. Je les imagine tous les deux dans ce lit que j'ai partagé avec elle et je finis par vomir dans la cuvette des toilettes. Je vide mon estomac et la souffrance de mon cœur irradie dans tout mon corps. Je m'essuie la bouche et me lave les dents. L'image de leurs deux corps emmêlés tourne dans ma tête, je frissonne et respire à fond. Il faut que je me ressaisisse, je me passe de l'eau sur le visage. J'enfile une tenue confortable, rassemble mes affaires dans mon sac de voyage. La douleur me vrille le corps, mais je ne fais rien paraître.

- On y va.

Je lui tiens la porte et elle la franchit tête baissée. C'est un fiasco incompréhensible, je suis anéanti. J'appelle l'ascenseur qui arrive très rapidement, la descente se fait dans un silence qui me convient parfaitement. Je passe par la réception pour régler la note et nous sortons de l'hôtel. Un voiturier m'apporte ma voiture de location, une Audi S1. Il ouvre la portière, je monte sans me préoccuper de Zophiel et le voiturier fait le tour pour lui ouvrir la porte. Le bagagiste a mis nos deux sacs dans le coffre et nous partons. Je roule vite comme à chaque fois que je suis énervé, cela m'évite de trop réfléchir. La vitesse m'apaise et me permet de me concentrer uniquement sur la route et la précision de mes gestes. Ma réjouissance est que j'ai mis une raclée à ce connard et qu'il n'a pu rendre aucun coup. Un sourire diabolique étire mes lèvres. Je suis en colère après lui, après Zophiel qui m'a menti et trahi. Sur l'autoroute, j'accélère encore, pour ne plus penser à Alexandre et je sens que ma passagère ne le supporte pas vraiment. Elle ouvre la fenêtre et je vois à ses yeux qu'elle pleure. Cela m'énerve, c'est elle qui me détruit à grand coup d'escarpin, c'est moi qui vrille, qui est détruit. Sans quitter la route des yeux, je tends la main pour ouvrir la boîte à gant et lui donne un paquet de mouchoirs. Elle murmure un merci et se mouche bruyamment. Nous replongeons dans un silence et j'accélère encore, me moquant des radars. Très vite, peut-être trop vite, j'arrive en bas de chez Zophiel. Je ne coupe pas le moteur, je sors, ouvre le coffre et prends son sac. Elle sort timidement de la voiture, je lui tends son sac, elle ne le prend pas et me fixe les yeux rouges d'avoir trop pleuré. Je lui lance à ses pieds, mais aucune réaction de sa part. Je la fixe un moment sans rien dire et je remonte en voiture. Je ne prends pas le temps de boucler ma ceinture et je pars dans un crissement de pneu. Plus rien n'a plus d'importance, je ne suis plus rien. Mon cœur et mon âme ne sont plus vivants, ils ont péri dans cette relation et ça fait un mal de tous les diables.

Les jours passent et ma colère ne diminue pas. J'ai pu reprendre le sport et je m'en donne à cœur joie. Je suis sur le tapis de course et j'avale les kilomètres comme si ma vie en dépendait. Mère-poule est assis non loin de là et me regarde contrarié. Ma sœur allant mieux, il a décidé de porter toute son attention sur moi.

- Pourquoi tu n'écoutes pas ce qu'elle a à te dire ?
- J'ai assez donné, dis-je dans un souffle.
- Tu souffres, tu passes tout ton temps libre à courir sur ce foutu tapis.
- Tu préfères que je me saoule ou que j'aille refaire le portrait de son mec ? Putain, tu as oublié ce qu'elle m'a fait ?
- J'aimerais que tu sois heureux, Lucas.

Je lui jette à peine un regard et augmente la difficulté. Je n'ai pas pu mettre mes écouteurs, car Marc, là, joue pipelette. Au bout d'un moment, je fatigue et commence à baisser le rythme. Mon t-shirt n'est que transpiration, mais je n'arrive pas à faire le vide.

- Parle-moi, bordel !
- Va te faire voir !

Je descends du tapis et attrape les gants de boxe qu'un type me tend. Je les enfile et décharge tout ce que j'ai dans le sac de frappe. Je serre les abdos et les fesses, gauche, droite, gauche, droite.… Bang, bang, bang, je n'entends que les coups portés, refusant d'écouter les battements de mon cœur. Bang, bang, bang, je ne veux plus rien ressentir. Les mecs commencent à me regarder bizarrement, mais je m'en fous et je continue à frapper. Bang bang bang, je tape plus fort et n'entends plus les bruits de la salle. Je m'arrête encore plus en sueur que d'habitude, j'ai la tête qui tourne et les jambes en coton. Un mec me retire les gants, un autre me pousse au sol, je cligne des yeux et ma vue se trouble. Je vois Marc dans mon champ de vision et trou noir. Je cligne des yeux et j'ai les jambes surélevées, c'est quoi ces conneries de mamie. L'infirmier de la salle est à côté de moi, il remballe son matériel. Marc me tend une bouteille d'eau très fraîche. Je veux m'asseoir, mais ça tourne vachement, je ralentis mes gestes.

- Bon, ce n'est rien de grave, Lucas. Il faut manger avant de faire un gros effort physique. Tu as tiré sur la corde aujourd'hui. Tu vas aller manger un bout et te faire raccompagner.
- Je m'en charge, me devance mère-poule.

Après avoir avalé un énorme burger et une portion de frite qui aurait pu nourrir une famille de cinq personnes. Marc accepte enfin de me ramener chez moi, à la condition de prendre un dessert sur la route. Ce mec est une vraie mère-poule pour moi. Je cède évidemment. Je veux rentrer, prendre une douche et aller me coucher. Je supplie Marc de ne rien dévoiler à ma sœur, mais celui-ci n'est pas très coopératif. Il me dépose chez moi et me suit à l'intérieur. Ça ne va pas recommencer ? Je l'ignore et file dans la salle de bain prendre une bonne douche. Dès que l'odeur de mandarine se répand, je sens que je me détends instantanément. Je prends tout mon temps espérant que Marc soit partie quand je sors de la douche. Je m'habille avec la même lenteur et je retourne dans la pièce principale. Mère-poule est là, un verre de whisky à la main. Je souffle, je ne vais pas échapper à son grand laïus. Je me sers la même chose et j'attends.

- Tu ne vas rien dire et faire comme si tout était normal.

- Je vais bien, mère-poule.

- Tu ne vas pas bien, s'énerve-t-il. Tu bosses comme un acharné et quand tu ne bosses pas, tu te tues à la salle. Tu ne te nourris pas et je doute que tu dormes beaucoup plus. Et si je regarde ce qu'il reste dans cette bouteille, je pense que tu picoles pas mal.

- J'ai eu du monde dernièrement, mens-je.

- Qui ?

- Tristesse, dégoût, cœur brisé et son pote insomnie.

- ça te fait rire en plus ?

- Tu veux que je pleure ? Que je m'effondre ? m'énervé-je à mon tour.

On se regarde en chien de fusil. La colère vibre entre nous, la moindre étincelle peut tout faire exploser. Je ne sais pas si notre amitié va s'en sortir indemne de cette conversation Je prends mon verre le termine et m'en sers un autre. Je n'ai pas de soucis avec l'alcool, je suis juste malheureux.

- Ta sœur a besoin de toi, Olive va de mieux en mieux. Son cœur bat, Lucas. Si elle peut surmonter tout ça, tu peux le faire toi aussi.

Marc me regarde, compatissant et les vannes cèdent pour de bon. Je me mets à pleurer comme une fillette à qui on a refusé un bonbon. Je pleure, laissant enfin s'exprimer la douleur et la tristesse qui me ronge depuis tout ce temps. Mère-poule me prend dans ses bras, je lui rends son étreinte puis je me décolle de lui. Je suis un mec, bordel. Je sèche mes larmes, mais d'autres reviennent les remplacer. Je me sens minable et ridicule, alors j'avale mon verre. Marc me pique la bouteille avant que je ne me resserre. J'attrape mon verre et le fait exploser sur le mur juste au-dessus de la tête de mère-poule qui n'a pas bougé. Je ne comprends pas ce qui m'arrive, je perds le contrôle de mes canaux lacrymaux et de mes émotions. Heureusement qu'Olive ne voit pas ça, j'en entendrai à chacune de ses visites. J'échoue sur le canapé, les jambes écartées, les coudes dessus et la tête sur les mains, je laisse tout sortir sans rien retenir. Marc ne dit rien, il est juste là, me surveillant comme le lait sur le feu. Je ne me reconnais plus, il faut que je sorte de cette situation impossible. Mes méninges tournent à plein régime... Tout a coup une ampoule s'allume au-dessus de ma tête. Je suis tellement embrouillé que je n'y ai pas pensé. Je sèche mes larmes d'un geste rageur et me lève. Je me dirige dans ma chambre, mère-poule toujours sur mes talons. J'attrape mon sac de voyage sous le lit et le remplis de vêtements.

- Tu vas où comme ça ?

Je ne réponds rien, il n'a pas besoin de savoir où je vais, cela ne le concerne plus. Je ferme mon sac d'un coup sec et me tourne vers mon ami.

- Prends soin d'elle, je te la confie, mais ne m'oblige pas à revenir sinon je pourrais te briser la nuque.

Pour toute réponse, il ricane et je le fusille du regard. Il est plus fort que moi, mais je pourrais enfin y croire. La motivation est plus importante que la force. J'attrape ma veste, caresse Serpentard et lance une dernière demande à Marc.

- S'il te plaît, tu veux veiller sur lui ?

Il hoche la tête et je lui jette le double des clefs de chez moi avant de prendre celle de ma moto.

Ma Yamaha m'attend sagement dans le garage. Un petit plaisir que je ne regrette pas. À chaque fois que je chevauche mon bolide, je me sens revivre et libre, tout ce dont j'ai besoin actuellement. J'attache mon sac de sport pour ne pas le perdre un court de route. Je sors de l'armoire en métal, mon nécessaire pour prendre la route : une combinaison rouge et noire, ainsi que les bottes assorties, des gants rouges et un casque noir brillant. Je prends soin de mon matériel et je l'enfile précautionneusement. J'enfourche ma grosse cylindrée et sort doucement du garage. Marc est sur les marches me faisant un signe que tout est ok. Je le salue et trace ma route, direction le SUD.

Je roule à pleine vitesse me moquant des radars, ma tête se vide au fur et à mesure que j'avale les kilomètres. Les paysages défilent autour de moi, visière ouverte, je prends de grands bols d'air. Je me reconnecte avec moi-même sans me préoccuper de personne ni de rien. J'arrive vite dans la belle petite ville de Vierzon. Je traverse le pont, le cœur battant, je ne sais pas comment je vais être accueilli, cela fait tellement longtemps que je ne suis pas venu ici. Je m'arrête devant une petite maison ancienne typique de la ville. Ses poutres sont apparentes et elle ne paye pas de mine de l'extérieur. Je mets le pied à terre et coupe le moteur. Je retire mon casque et une joie indescriptible m'envahit quand je vois cette petite femme sortir de chez elle. Je suis à nouveau un enfant, je descends de mon bolide, pose le casque et en fait le tour, les yeux brillants. Ce bout de femme est petite, menue, un chignon sévère rassemble ces longs cheveux gris et ses yeux émeraude reflète la joie qu'elle a de me retrouver. Je serre ce petit bout de femme dans mes bras et m'enivre de son odeur familière de pain d'épice.

- Mamie, ce que ça me fait plaisir de te voir.
- Mon garçon, que viens-tu faire par ici ?
- Que dirais-tu que je passe quelques jours vers toi ?

Ma grand-mère ne se laisse pas avoir aussi facilement. Elle me claque une bise sur les joues et m'ordonne de ranger mon « engin de malheur » dans la « remise ». Je souris comme un gamin et exécute ses ordres.

MAMIE

Je suis très étonnée de voir mon petit Lucas devant ma porte. Mon petit fils est très occupé et même si on se voit peu, il ne manque pas nos appels réguliers. Cet enfant est un don du ciel, généreux et tellement gentil.

Je l'observe et je me rends compte qu'il a changé. Il a le regard d'un homme trahi, brisé et cela me serre le cœur. C'est un homme tellement bon, il ne mérite pas d'avoir déjà les yeux voilés par la douleur. Ses parents l'ont négligé et j'ai dû l'élever seule le gamin. Son papyli n'avait aucune patience et pourtant ils s'aimaient inconditionnellement. Déjà petit, Lucas devait affronter les caprices d'une femme, sa mère. Cette dernière préférant son travail à son fils, un déchirement pour ce dernier. Quand il était en âge de comprendre, son comportement à changer. Il était dur avec ses parents, voir intransigeant et il s'est promis de ne jamais devenir comme eux.

Les jours passent et je vois bien que mon garçon ne s'ouvre pas. Son attitude est moins crispée et les épaules sont un peu plus droite, mais son regard ne ment pas, la lumière qui y brille naturellement a perdu de son éclat.

La vieille femme que je suis ne peut que lui raconter mon histoire en espérant qu'il y trouve un peu de réconfort.

Mamie

SERPENTARD

Youpi ! Il dégage de la maison, à moi les femelles ! Certes, l'humain m'a fait castrer, mais cela ne m'empêche pas de les séduire.

L'autre humain, il a intérêt de ne pas oublier ma gamelle, sinon je risque de sortir les griffes. Je l'aime bien, mais il ne faut pas qu'il oublie son rôle.

Je ronronne de plaisir !

Serpentard

CHAPITRE 7

Je devrais rentrer à Orléans, mais voilà une semaine que je me laisse vivre au rythme de mon aïeul. Je suis assis au bout de la table en bois sirotant une tisane. Je n'aime pas particulièrement ça, mais ma Mamie ne m'autorise pas à faire entrer ne serait qu'un cappuccino chez elle. Je vois bien qu'elle me regarde du coin de l'œil sans rien dire. Quelque chose la chagrine, mais elle ne dit rien. Je suis un bon petit-fils, même si je ne viens pas le voir autant que je voudrais, je lui téléphone très régulièrement. J'ai lié avec ma grand-mère une relation très fusionnelle. Je ne la laisse donc pas comme ça.

- Dis-moi Mamie, il y a quelque chose qui te tracasse.
- C'est toi mon garçon, m'informa-t-elle en s'asseyant à côté de moi. Que viens-tu faire là ? Ne te trompe pas, tu ne me déranges pas, tu es un bon petit-fils qui prend soin de moi. Je me fais du souci pour toi.
- Ça va, mamie, vraiment.

Elle ne me croit pas et maintenant que j'ai ouvert la porte, elle va se faufiler.

- C'est cette femme ? Comment s'appelle-t-elle déjà ? Maëlle, Armelle, non, c'est pas ça.

- Zophiel, c'est Zophiel.

- Oui, dit-elle, Zophiel. C'est elle qui te cause des soucis. Oh, tu sais mon garçon, les femmes peuvent réellement être des salles garces.

Je regarde ma grand-mère interloquée. Elle qui est si élégante et douce, jamais, je ne l'ai entendu dire un gros mot ou dénigrer son voisin. Nous, nous regardons et éclatons de rire. Après ce fou rire communicatif, je lui raconte tout depuis le début. Si je suis toujours à l'écoute de ma grand-mère, je lui dévoile très peu de ma vie sentimentale. Je la vois parfois froncer les sourcils ou un fin sourire se dessiner sur ces délicates lèvres et parfois, elle lève carrément les yeux au ciel. Ma mamie est épatante ! J'arrive à ces dernières semaines, la fuite de Zophiel, mon passage à tabac par Alexandre, ma consommation d'alcool et de sport intensive et enfin ma décision de venir ici me ressourcer. Mamie n'est pas très contente de ces derniers éléments, je le vois à sa mine renfrognée, mais elle ne dit rien. Elle se lève, me tapote l'épaule et retourne à ses activités. Sacrée Mamie !

Les jours filent toujours de la même façon, je reste aux petits soins pour mon aïeul qui m'accueille comme un roi. Le reste du temps, je me laisse porter par la vie, sans me soucier du boulot et du reste. Ce sont des vacances improvisées bien méritées. Marc m'envoie régulièrement des photos de mon chat, Serpentard couché sur ses genoux ou dans des poses rigolotes. Ma sœur m'envoie quotidiennement des messages, elle va bien et reprend doucement le sport avec un coach. Parfois, je reçois un selfie de tous les deux et mon cœur se serre. J'aimerais tellement vivre le bonheur qui les unis. Enfin bon, nous sommes dimanche et je mange une part de tarte aux pommes que j'ai faite avec mamie comme quand j'étais petit. Elle boit son verre de cidre tranquillement quand tout à coup, elle me lance.

- Cette Zophiel, tu l'aimes vraiment ?

Ma grand-mère me surprend par cette question qui sort de nulle part. J'attrape mon verre que je vide d'une traite. Mamie se lève, fouille dans ses placards et en ressort un très gros album poussiéreux. Elle souffle dessus et tousse, puis me le tend. Je le prends et ouvre la première page, je regarde mamie interloquée. Celle-ci me regarde avec un grand sourire, heureuse de l'effet de surprise qu'elle a déclenché en moi. Je repose les yeux sur la première et je lis une deuxième fois « Mes amours de jeunesse ». Je secoue la tête et commence à feuilleter ce si gros album. Celui-ci retrace les amours de Mamie de la maternelle à aujourd'hui. Je passe très vite les premières pages et arrive à la période de la vie de grand-mère quand elle avait une trentaine d'années. Je la vois au bras d'un homme, très beau, mais qui n'est pas papy. Ils ont l'air d'être proches, mais impossible de savoir s'ils sont ensemble ou non. Plus loin, une photo sur laquelle elle est bras dessus bras dessous avec le même homme, mais tient la main de papy. Je secoue la tête, ne comprenant pas du tout. Je l'interroge du regard, mais elle me fait signe de poursuivre. La page suivante ne sont que des clichés de l'inconnu et de mamie jeune. Ces deux-là sont très très très proches. Il est évident qu'ils sont en couple, mais qu'est-ce qui est devenu de papy. Je lui pose la question et elle me répond juste que ce n'était pas son heure. Je continue à feuilleter l'album et je retrouve papy de temps en temps au milieu des amoureux passagers de ma grand-mère. Je m'arrête un instant, me serre du cidre et fini ma part de tarte. Je reprends les photos et, plus j'avance à aujourd'hui et plus papy prend de plus en plus de place. Je ne sais pas qu'elle est le message que mamie veut me faire passer, mais il est hors de question que j'ai le même destin de papy. Je refuse de vivre dans l'ombre de toutes ces histoires. Je veux être le personnage principal de ma propre vie et pas être relégué au dernier plan. J'explique tout ça à Mamie et elle rigole, me disant que les jeunes d'aujourd'hui ne savent plus s'amuser.

- Écoute mon garçon, si cette femme ne te rend pas heureux, c'est que ce n'est pas la bonne. Tourne la page, même si c'est douloureux, ton âme sœur t'attend à la suivante.

Mamie a raison, je la prends dans mes bras, la remercie pour tous ses conseils et son hospitalité. Je l'informe que je repars pour Orléans et que je l'appelle à mon arrivée. Elle m'embrasse sur le front et je file rassembler mes affaires. Mamie ne m'a pas vraiment aidé, mais j'ai compris que mon heure n'était pas venue. Je ne vais pas l'attendre et j'ai envie de vivre complètement et d'être heureux. Il est tant que je sois un homme et que j'affronte la femme qui fait battre mon cœur un peu trop vite.

J'arrive chez moi en plein milieu de la nuit, à l'approche de la maison, je vois que les lumières sont allumées. Marc a dû oublié de les éteindre en venant nourrir Serpentard. Je dépose ma moto et mes équipements dans le garage, j'attrape mon sac et file en direction de la maison. J'introduis la clé dans la serrure, mais elle ne tourne pas, j'enclenche la poignée et la porte s'ouvre. Je récupère les clefs et rentre chez moi. Je pose les clefs dans le vide-poche, Serpentard détale à toute blinde et là, j'entends des gémissements. Je lève les yeux vers mon canapé et je n'en crois pas mes yeux.

- Faites comme chez vous surtout.

Les deux amoureux sursautent et Marc attrape le plaid tombé au sol pour recouvrir ma sœur, heureusement que c'est elle sinon je l'aurai démonté pièce par pièce.

- C'est vraiment ignoble, je vais devoir désinfecter mon canapé. Je vais prendre une douche, dis-je en me cachant les yeux en passant à côté d'eux, vous êtes des animaux.

J'ai le sourire aux lèvres et je suis content que ma sœur prenne du bon temps, même si j'aurais préféré que ce soit avec quelqu'un d'autre que mon pote et sur mon canapé. Je dépose mes affaires dans ma chambre et je suis soulagé de découvrir que mon lit n'a pas été défait. J'en conclu qu'ils n'ont pas été jusque-là. Je défais mon lit, par acquit de conscience, et jette les draps dans le panier à linge sale et en remet des propres. Je dépose également mes fringues dans le panier et saute dans la douche. L'odeur familière de la mandarine à un effet bienfaisant sur moi. Je suis heureux d'être chez moi, de retrouver ma sœur et mon pote. Je ne leur dirais jamais, mais ce sont les deux personnes que j'aime le plus avec Mamie. Je coupe l'eau, sort de là et m'enroule dans une épaisse serviette chaude. J'adore ! Je prends le temps de me sécher et d'enfiler une tenue confortable. Avant d'ouvrir la porte donnant dans le salon, je braille pour savoir s'ils se sont rhabillés. Les deux rigoles pour me dire que la voix est libre. Il est tard et je me demande ce qu'ils font encore là.

- Je crois que je dois aller chez l'ophtalmo, depuis que j'ai vu la lune de Marc, je vois moins bien, m'exclamè-je.

- Tu es vraiment un petit con, me dit ma sœur en ébouriffant mes cheveux. Viens donc embrasser ta frangine.

Je m'approche d'elle, la prends dans mes bras et lui colle un bon gros bisous baveux. Elle ricane en s'essuyant avec son t-shirt.

- Bon soyons sérieux. Pourquoi vous êtes là ?
- On est venu nourrir Serpentard et puis… on n'a pas vu le temps passé. Tu nous a pas dit que tu rentrais, m'interroge Olive.
- Je vois, dis-je d'un air malicieux. Je ne savais pas que je devais prévenir pour rentrer chez moi. Allez les jeunes, on se commande des pizzas, je meurs de faim.
- Ok !
- Au fait Olive, Mamie t'embrasse.
- Tu étais chez Mamie ?

Je hoche la tête tout en cherchant le numéro du pizzaïolo. La soirée se poursuit sous les éclats de rire, les taquineries, les bisous baveux des amoureux et les shots. Je les observe, amoureux, toujours collé l'un à l'autre, modifiant leur position pour être toujours en symbiose… Ils sont faits l'un pour l'autre. Mère-poule prendra soin de ma sœur. Je ne le reconnaîtrai jamais devant eux, mais finalement, je pense que je suis heureux que leur couple fonctionne.

Ma sœur donne le top départ vers 4 h du matin et monsieur muscle ne bronche pas. Il va chercher leurs affaires, aide Olive à mettre son manteau, enfile le sien et lui porte son sac. C'est un peu trop à mon sens, mais si ça leur fait plaisir. Je tape dans le point de Marc et enlace ma sœur pour lui souhaiter bonne nuit. Je vois Mère-poule enlacer ma sœur et l'aider à sortir de chez moi. D'ailleurs, ils sont venus comment ? La curiosité me ronge et je sors sur le palier. Cacher sur le côté de ma maison, opposé à mon arrivée, je vois une berline toute neuve. Bien joué Marc, bien joué ! Je frappe dans mes mains et Marc me lance un sourire à toute épreuve. Il tient la porte à ma sœur qui monte à l'intérieur de la voiture, lui colle un millième bisous et referme la porte doucement. Je lui dis d'être prudent sur la route et il me répond comme toujours. Il est content de me voir aussi stressé. Il monte de son côté et démarre lentement. Ma sœur me fait signe par la fenêtre et je lui rends. Les mains dans les poches, j'attends de ne plus voir l'arrière de la voiture et rentre chez moi. Je fais un tour de clef, éteins la lumière et j'entends le bip bip de mon téléphone, mais ne le vois pas. Je cherche un peu partout et le retrouve finalement dans la poche de mon sac de sport.

« Salut Lucas, ça te dirait de boire un verre ? »

Estomaqué, je ne réponds rien et laisse le message sans réponse. C'est impoli, mais j'avoue que je ne comprends pas trop sa démarche. Elle est plus jeune que moi, enfin pas tant que ça, mais c'est la copine à Olive. Je me décide à lui envoyer un SMS lui demandant s'il se passe quelque chose. Luna ne me répond pas, mais m'appelle.

- Bonsoir, je ne te réveille pas ?
- Absolument pas. Olive vient de partir avec Marc. Que me vaut cette proposition ?
- Je vais être franche avec toi. On se croise pour Olive, mais on ne se connaît pas. J'aimerais apprendre à mieux te connaître.
- Tu sais, c'est compliqué pour moi en ce moment.
- Allez Lucas, juste un verre, demain, enfin aujourd'hui. Je ne vais pas te sauter dessus, dit-elle en rigolant.

Je finis par accepter à la fois surpris et content de cette nouvelle situation. Je file me coucher le cœur un peu plus léger. Il faut que je tourne la page avec Zophiel, même si je l'aime et même si elle me fait un effet de dingue.

Le lendemain, je retrouve la meilleure amie de ma sœur dans un bar, non loin de son travail. Elle est installée à une petite table un peu en retrait. Le nez sur son téléphone, elle ne me voit pas arriver. Je n'ai jamais fait attention à la jeune femme, c'est la copine à Olive. Pour moi, c'est comme une sœur, je ne l'ai jamais considérée comme une potentielle petite amie. Je prends le temps de l'observer autrement qu'une frangine, je me passe les mains dans les cheveux, mal à l'aise avec mon constat. Luna est absolument délicieuse, ses cheveux de blés lui tombent au milieu du dos et ses yeux bleu océan sont une invitation au voyage. Elle n'est pas petite, mais je la domine d'une tête. Son corps est celui d'une femme avec des formes généreuses et des courbes à se damner. L'amie de ma sœur fait retourner les hommes sur son passage et cela lui plaît. Elle a consciente d'être une belle jeune femme et n'hésite pas à le revendiquer. Je prends conscience qu'elle est vraiment belle et que c'est le genre de femme que je pourrais aborder, si elle n'était pas la copine de ma sœur et qu'une autre femme n'avais pas volé mon cœur. Je secoue la tête, pour revenir au moment présent. Je finis par m'approcher de sa table et elle lève les yeux sur moi. Un sourire éclatant illumine son visage et elle se lève pour me faire la bise. Celle-ci se fait plus appuyée et sa main vient se loger sur ma taille. Je ne dis rien et apprécie la chaleur agréable de sa main sur ma fine chemise. On s'assoit face à face et nous restons un moment à nous fixer sans rien dire, à laisser le temps s'écouler en souriant comme deux idiots. Le serveur vient prendre notre commande en faisant voler notre bulle en éclat. Nous choisissons nos boissons, pour elle une margarita et pour moi une simple flûte de champagne. Ses yeux brillent d'un éclat nouveau ou alors, je n'avais jamais fait attention auparavant.

- Donc Luna, que me vaut le plaisir de cette invitation ?

Elle papillonne des cils et passe une main dans ses cheveux, elle me drague ? Elle recommence, elle me touche la main puis le poignet sans jamais me lâcher du regard. Je la laisse faire.

- Je vais être franche avec toi, je peux ? Minaude-t-elle.

Je ne réponds rien lui faisant juste signe de continuer.

- Tu me plais beaucoup, j'aimerais vraiment que tu me laisses ma chance.
- Tu ne me connais pas si bien que ça, tu sais…

Ses yeux prennent la couleur de la mère en colère. Je sens son pied enfilé dans un collant remonter le long de ma jambe. Je me décale un peu, elle passe sa langue sur ses lèvres et je me sens un peu à l'étroit dans mon pantalon. Je rougirai presque.

- Apprenons à nous connaître, dit-elle malicieuse.

Le serveur nous apporte nos boissons et je ne peux m'empêcher d'en prendre une grande gorgée. Luna plus maître d'elle-même, sirote sans se presser.

Luna s'apercevant certainement de ma gêne, me pose des questions sur mon travail. Le sujet n'est pas choisi au hasard, c'est le seul qui pourrait me détendre et me faire penser à autre chose qu'à son pied entre mes cuisses. Si la discussion a l'air banal, les actes de la belle blonde le sont moins. Nos verres terminés, je règle l'addition, même si c'est elle qui m'a invité et on sort du bar. Je lui propose de finir la soirée au restaurant et elle accepte avec joie. Je suis venue à moto, je n'aurais peut-être pas dû. Je lui tends un casque et enfile le mien. Je monte sur mon bolide et lui laisse le temps de monter derrière moi. Dans le rétro, je vois que sa robe courte remonte totalement et je pourrais presque voir ce qui se cache dessous. Je secoue la tête et démarre. Ma passagère se colle à moi, m'enlace et un frisson me transporte. Nous arrivons vite, sûrement trop vite, au restaurant et je me retiens de lui faire une balade dans le quartier. Je l'aide à descendre, descends et donne mes clés au voiturier. Luna est éblouie par l'endroit. C'est un Italien qui sert de la nourriture de son pays dans un château. Le parc est somptueux et la salle de restaurant encore plus. Je prends la main de mon invitée et l'entraîne avec moi vers la réception. Celle-ci en profite pour enlacer ses doigts aux miens et se rapproche de moi. On nous dirige vers notre table que j'avais réservé plus tôt dans la journée. Luna décide de se mettre en face de moi, dos à la salle. Elle ne veut pas être distraite de « la magnifique vue qui s'offre à elle ». Je rigole.

Le repas se passe vraiment bien, Luna est une jeune femme cultivée, pleine d'humour, de bonnes manières, même si elle est très entreprenante. Je paie une nouvelle fois l'addition et nous sortons main dans la main. Sur les marches, je fais signe au voiturier de faire venir ma moto. En l'attendant, Luna me plaque contre la pierre fraîche de la bâtisse et m'embrasse. Mes mains se posent machinalement sur ses hanches et je lui rends son baiser. Je passe mes mains dans ses cheveux et elle se colle tellement à moi que même une feuille de cigarette ne passerait pas. Une main dans sa chevelure blonde, une autre qui lui caresse le bas du dos. Je ne sais pas combien de temps, nous restons à nous embrasser quand le voiturier m'appelle pour me rendre les clefs. Je les récupère, enfourche mon bolide et Luna monte derrière moi. Elle met son casque et au moment où je mets le mien, je vois Zophiel et Alexandre, bras dessus-bras dessous monter les marches du restaurant. J'enfile mon casque avant qu'elle ne me voie et je mets les gaz. Je conduis très vite. Le fait d'avoir vu Zophiel avec ce connard me met en rogne et je n'ai pas envie de la laisser gâcher ma soirée en si bonne compagnie. J'emmène ma passagère chez moi, celle-ci ne proteste pas. Cela ne me prend pas plus de 15 min avant d'arriver, de ranger mon véhicule et ma tenue et de rentrer dans le salon. Mes sentiments ravivés par la vision de Zophiel, me fait perdre toute logique. Tout se mélange, ma colère, ma frustration, mon attirance pour Luna, ma peur de faire du mal à Olive... Ce concentré me tourne la tête, me broie le ventre et je choisis la solution qui me tente le plus à ce moment précis. Je me jette littéralement sur la bouche de Luna et celle-ci gémit de plaisir. Je nous fais basculer sur le canapé. Luna au-dessus de moi, j'essaie de retirer sa robe et elle finit bientôt au sol. Elle retire ma chemise, un flash me fige, revoyant Marc et ma sœur. Je secoue la tête pour la chasser rapidement. Je la regarde et je lui dis juste « Pas là ». Je lui prends la main, l'entraîne dans ma chambre et la pousse sur mon lit. Luna me regarde comme jamais personne ne l'a fait. Mon cœur frappe fort dans ma poitrine et je décide pour une fois de me laisser embarquer dans quelque chose d'irraisonnable. Elle est tellement magnifique ! Je retire le peu de vêtements qui me restent et je vais faire d'elle mon dessert. Je lui maintiens les mains au-dessus de la tête et ses yeux brillent de désir. Je l'embrasse encore sur la bouche, le cou, les épaules et je la laisse pour fouiller dans ma penderie. Je reviens armé d'une cravate et elle glousse. J'adore ce son qui fait naître en moi quelque chose que j'ignorais jusque-là.

Je fixe le plafond, Luna dans mes bras dort profondément. Elle me fait face, sa tête posée sur mon torse, sa main sur mon ventre et sa jambe sur les miennes. Je ne peux plus bouger, si je voulais m'enfuir, c'est raté, je pourrais même pas aller pisser. Je la regarde, attendrit, son dos parfait, ses fesses rebondies et ses jambes… Je soupire et machinalement, je lui caresse les cheveux. Je la trouve belle, pertinente et intelligente. Je repense à la raison qui m'a poussé à aller aussi loin avec elle, dois-je vraiment tirer un trait sur Zophiel ? Qu'est-ce que je veux réellement ? Je ne peux pas jouer avec elle, je ne peux pas faire comme si rien ne s'était passé. J'apprécie beaucoup Luna et cette soirée avec elle me le confirme, c'est une femme extraordinaire. Il est trop tôt pour parler de sentiments, mais avec elle, je me sens apaisée et Zophiel n'ose pas venir dans mes pensées. Comment ma sœur va le prendre, si nous continuons tous les deux ? Je suis perdu, je reste un moment statique et Luna soupire d'aise dans son sommeil, mes lèvres s'étirent dans un sourire bienheureux et je reprends à caresser ses cheveux. Les conseils de Mamie me reviennent en tête, peut-être qu'elle ne m'est pas destinée, peut-être que c'est Alexandre qui est fait pour elle et qu'il faut juste qu'ils attendent leur moment. C'est fini avec Zophiel, elle a fait son choix et moi, je dois faire le mien. L'idée de tourner la page avec la belle blonde dans mes bras et une idée qui me plait pas mal. Luna bouge juste un peu pour raffermir sa prise sur mon corps. J'essaie d'attraper mon portable posé sur la table de nuit. Je le chope du bout des doigts et regarde l'heure, 6 h 30. Je reste un moment interdit devant l'heure matinale, je pensais qu'il était plus tard, enfin plus tôt que ça. J'essaie maladroitement d'envoyer un SMS à ma sœur. Si je ne peux rien arranger avec Zophiel, je peux au moins parler avec ma sœur.

- Je sais que tu ne dors pas, mais… tu ne me fais pas un petit neveu.
- Lol, non. Ça va ?
- Si on veut… Tu as vu Luna ces derniers jours ?

Je vois que ma sœur écrit puis efface et écrit puis efface… Cela a le don de m'agacer. Je m'apprête à lui envoyer un message quand le sien arrive… enfin.

- Vas-y frangin, elle est sur toi depuis toujours.

Je regarde Luna dormir sur moi et je souris. Si ma sœur savait que ces propos sont totalement vrais. Je prends une photo de ma main dans ses cheveux, je fais attention qu'on ne voit rien d'autre et l'envoie à ma sœur. Elle m'envoie un tas d'émoji qui ne veulent absolument rien dire. Je souris encore plus franchement et je vois ma sœur réveiller mère-poule pour lui raconter. Je pose mon téléphone, l'esprit un peu plus serein, enlace ma belle endormie et ferme les yeux.

LUNA

Je suis amoureuse de Lucas depuis que j'ai 12 ans, lui devait en avoir 16 ou 17. Je ne suis que la copine de sa sœur et il ne m'a jamais vu autrement. Oli a toujours su que je suis raide de son frère et cela ne lui a jamais posé de problème. Elle m'a très souvent poussé à lui dévoiler mes sentiments sans jamais oser sauter le pas. Je l'aimais de loin, jusqu'à ce que j'apprenne ce que Zophiel lui avait fait. Lucas est un mec bien, il mérite qu'on prenne soin de lui et qu'on l'aime pour ce qu'il est.

Cette garce était venue voir Oli à l'hôpital et elle lui racontait leur histoire. La pauvre princesse était en larmes, est-ce qu'elle se rendait compte du mal qu'elle lui faisait ? Est-ce que seulement elle le connaissait ? Est-ce qu'elle connaissait son passé, son chemin parcourut ? Elle me dégoûte ! J'avais rebroussé le couloir pour aller me chercher un café, le temps que la mascarade cesse.

Je voulais me lancer, mais Lucas était injoignable et Oli ne savait pas où il était. J'attendais fébrilement son retour. Je suis heureuse qu'Oli m'ait averti et que j'ai pu enfin tout lui dire. Je sais que Lucas ne sera pas facile à apprivoiser, mais j'ai tellement attendu que je me battrais pour lui, pour qu'il nous laisse une chance. Je vais le séduire et je ne laisserai personne se mettre entre nous. Je veux profiter de chaque instant qu'il me donne et être là pour lui à chaque fois qu'il en aura besoin.

Cette nuit a été magique, Lucas est un partenaire de sexe extraordinaire et plein de ressources. Après nos galipettes, impossible de dormir, je suis heureuse comme jamais. Je me pose sur son torse et Lucas m'enlace, nous échangeons quelques baisers puis je finis par m'endormir bercée par les battements de son cœur.

Luna

CHAPITRE 8

Je me réveille par une odeur de café et je pense immédiatement cappuccino. Les yeux clos, je la laisse m'envahir petit à petit, cela fait longtemps que je ne me suis pas senti aussi bien. Une autre odeur vient chatouiller mes narines, le caramel. Je sais très bien à qui elle appartient. J'ouvre les yeux et deux billes bleues me fixent. J'attrape Luna par les hanches et l'embrasse tendrement la serrant dans mes bras. Elle ne résiste pas et me rend mon baiser.

- Bonjour toi, me chuchote-t-elle contre ma bouche
- Bonjour toi
- Le p'tit déjeuner est servi.
- Ah oui, dis-je dans un sourire coquin.

Je quitte ses lèvres pour son cou, mes mains explorent son corps et je la presse un petit peu plus contre moi pour lui montrer mon excitation. Elle ouvre grand les yeux, surprise par mon érection. Elle se ressaisit très vite et se met à califourchon sur moi. Luna retire son t-shirt qu'elle m'a piqué dans mes affaires et je me saisis de ses seins avant qu'elle ne se tortille pour retirer son bout de ficelle qui lui sert de string. Je fais glisser ma main entre nous et je me rends compte qu'elle est déjà trempée. Mon regard cherche le sien quand elle chevauche mes doigts. Je sens qu'elle est toute prête et je retire délicatement mes doigts avant qu'elle se contracte autour. Je l'attrape à nouveau par les hanches et je l'enfourche. Elle pousse un petit cri et je suis au nirvana.

Quelques heures plus tard, Luna et moi sommes installés sur le canapé avec un plateau entre nous rempli de nourriture. Luna s'est levée tôt pour aller chercher les pains au chocolat, croissants et briochettes. Nous avons ajouté de la confiture, du beurre, des fruits, son jus de pamplemousse et mon cappuccino. Comme deux adolescents, on se fait manger et cela me fait rire. Je la fais croquer dans une fraise et elle me tend un morceau de sa briochette à la confiture d'abricot. Rien ne pourra gâcher ce moment si parfait, si facile et de complicité. Je l'embrasse du bout des lèvres, quand cette maudite sonnette retentit. J'aimerais vraiment l'ignorer, mais la personne insiste tellement que je finis par me lever à regret. J'embrasse encore une fois Luna, décidément, je ne peux plus me passer de ses lèvres. Elle me regarde avec plein d'étoiles dans les yeux et pour la première fois depuis longtemps je me sens important aux yeux de quelqu'un. Nos visages sont barrés d'un même sourire idiot et nos regards sont rivés l'un à l'autre. La sonnette nous fait sursauter et je me dépêche d'aller ouvrir. Quelle ne fut donc pas ma surprise quand j'ouvre la porte sur… Zophiel.

- Salut, minaude-t-elle. Je peux entrer, un instant ?

Je me retourne et regarde Luna croquer dans un pain au chocolat. Je sors et ferme la porte derrière moi, Luna connaît mon histoire avec Zophiel, mais je ne veux pas lui faire du mal.

- Que veux-tu, Zophiel, dis-je en croisant les bras sur la poitrine.
- J'aimerais qu'on se donne une nouvelle chance. J'ai l'impression qu'on s'éloigne tous les deux et ça me fait mal.
- Écoute, je t'ai vu avec Alexandre hier. Nous deux, ce n'est pas possible. Tu comprends ? Ces allers-retours entre lui et moi, je n'en peux plus et puis moi, je ne partage pas.
- Moi, non plus d'ailleurs, intervient Luna en me prenant par la taille.

Je ne l'avais pas entendu ouvrir la porte ni s'approcher. Elle est contre moi, montrant sa possessivité. Zophiel a les larmes aux yeux et je ne peux rien faire pour arranger ça. Elle a choisi, elle m'a laissé tombé et je ne veux plus souffrir pour cette femme. Je ne veux plus être son jouet et il faut qu'elle comprenne que c'est terminé.

- Je ne voulais pas que tu l'apprennes comme ça, dis-je doucement. Nous deux, c'est fini depuis le jour où tu es partie au Japon. Tu as détruit notre relation, on ne peut pas revenir en arrière.
- Tu n'as pas le droit de faire ça, me dit-elle en pointant Luna puis moi et inversement. Tu n'as pas le droit, crie-t-elle.
- Zophiel, bien sûr que si…
- Lucie a raison, tu es vraiment une raclure.
- Attends, attends, répliqué-je en m'écartant de Luna et m'approchant d'un pas, quand as-tu parlé à Lucie récemment ?
- Je suis allée la voir au parloir, me hurle-t-elle. Tu me détruis, tu ne le vois donc pas ? Tu me fais mal, tu me fais mal…

Elle tombe à genoux sur les gravillons, elle pleure et renifle. J'aimerais la prendre dans mes bras, la consoler, mais ce n'est plus mon devoir. J'extirpe mon téléphone de ma poche et appelle Béa. Je lui explique brièvement la situation et avec de la chance cette dernière est toujours à Orléans. Je m'assois sur les marches, Luna à côté de moi, qui me donne une main et me frotte le dos de l'autre. Zophiel s'est recroquevillée sur elle et dès que je l'approche se met à hurler. Je reste donc en place et surveille qu'elle ne se fasse pas de mal. Béa arrive très vite et est choquée de voir son amie comme ça. Je lui dis qu'elle devrait l'emmener à l'hôpital que c'est certainement une crise d'angoisse ou de panique. Elle essaie de s'approcher d'elle, mais celle-ci hurle comme une démente. Béa lui parle doucement, mais rien n'y fait. On finit par appeler une ambulance qui décide de l'emporter de force. Ses cris nous vrillent les tympans et j'ai du mal à me retenir de ne pas mettre mes mains dessus. Béa me lance un sourire désolé et monte dans sa voiture pour suivre l'ambulance. J'enlace Luna en regardant le SAMU et la Mini Cooper s'éloigner.

Luna prend de plus en plus de place dans ma vie, elle ne me laisse pas la mettre à distance et fait de sa présence un indispensable. Je me sens heureux avec elle, apaisé et je prends plaisir à la voir. Nous n'habitons pas ensemble, mais j'ai pu trouver des sous-vêtements à elle dans mon tiroir à boxer, une brosse à cheveux dans le tiroir de la salle de bain ou bien sa tasse favorite dans le buffet de la cuisine. J'aime sa façon d'envahir mon espace, comme ça mine de rien. J'aime son rire qui gonfle mon cœur de bonheur et depuis le premier jour ce regard qui pétille quand elle me voit. Luna est une personne tellement apaisante et bienveillante, qu'elle panse mes blessures, soulage mon cœur et chasse les pensées torturées de ma tête. Je ne sais pas encore quels sont mes sentiments envers elle, mais je sais qu'elle me fait du bien et pour le moment c'est tout ce qui compte. Cela fait un petit mois que nous sommes ensemble et j'ai envie de lui faire plaisir, de la surprendre. Appuyer contre ma moto, je l'attends à la sortie de son travail. Je suis dans ma combinaison et mon casque est posé sur la selle. Je l'attends patiemment. Mon petit sac de voyage est posé à mes pieds et entre mes mains deux billets d'avion. Je la vois arriver et je peux observer la surprise et la joie se dessiner sur son visage. Elle s'approche et je cache les billets dans mon dos.

- Qu'est-ce-que tu caches me demande-t-elle en m'embrassant.
- Tu veux parler de ça, lui dis-je en lui donnant l'enveloppe.

Elle l'ouvre et découvre un week-end de trois jours en Albanie. Luna me saute littéralement dessus manquant de me faire tomber moi et la moto. Elle m'embrasse comme une diablesse avant de me remercier mille fois. Ma chérie enfile à la hâte la petite combi qui lui fait des fesses de rêve, met le casque et nous partons pour l'aéroport.

Nous rentrons d'Albanie plus heureux que jamais. Nous avons tissé des liens très forts et solides. Luna et moi avons passé notre temps sur une petite crique isolée des touristes. Nos journées étaient rythmées de baignades, à faire l'amour et de bronzettes. Luna revient avec un teint légèrement hâlé qui lui va vraiment bien. Je la trouve encore plus sexy et je ne peux me rassasier de son corps. Trois jours de rêve avec une personne magnifique et me revoilà plein d'énergie. Olive et Marc nous attendent à l'arrivée et un sourire énorme me barre le visage. Je lâche la main de Luna et me précipite vers ma sœur. Je l'enlace comme jamais, cela fais plus d'une semaine que je ne l'ai pas vu et elle m'a terriblement manqué. Marc s'occupe beaucoup plus d'elle qu'auparavant et elle me sollicite moins maintenant que son nouveau cœur fonctionne parfaitement. Je reste son grand-frère et je serai toujours là pour elle et je veillerai sur son bien-être. Je la lâche, mais je la garde un peu dans mes bras. Je la trouve changée, elle a pris un peu de poids, ça lui va bien et elle a l'air heureuse et épanouie. Quelque chose d'autre en elle a changé, mais je n'arrive pas à mettre le doigt dessus. Je l'embrasse sur le front et me tourne vers mon ami. Je lui donne une accolade virile et me rend compte que ce grand dadet a un sourire bien plus heureux que d'ordinaire. Ces deux-là me cachent un truc, je regarde Luna qui embrasse ma sœur. Je ne veux pas faire le rabat-joie et ne dit rien pour ne pas gâcher le moment. Luna raconte brièvement notre week-end à Olive et cette dernière nous propose de venir manger chez eux ce soir. Ma chérie sans me concerter accepte et vient se lover dans mes bras. Nous les raccompagnons à leur voiture et je récupère ma moto. Je donne la monnaie de la pièce à Luna et sans lui demander son avis, je nous conduis chez moi. Enfin arrivé, nous rentrons et Serpentard se jette dans les bras de Luna. Ce chat a clairement choisi son camp et il préfère les caresses de ma chérie. Je soupire en refermant la porte derrière nous. Le duo s'installe sur le canapé et je sors de quoi nous rafraîchir. J'entends Serpentard ronronner comme un bienheureux. Quand je reviens avec nos boissons, mon chat est sur le dos et Luna lui caresse le ventre. J'ai toujours été proche de lui, mais pas à ce point-là. Il est complètement soumis à ma blonde. Je m'assois à côté d'eux avant de poser les verres sur la table. Je tends la main pour caresser son pelage de la boule de poils, mais celui-ci s'échappe pour miauler pour sortir. Je n'y crois pas ! Je regarde Luna qui a un immense sourire aux lèvres et se lève pour ouvrir à la sale bestiole. J'en profite pour mater ses fesses. J'adore ses hanches, sa chute de rein, son dos, enfin, j'adore tout chez elle. Quand elle se retourne, son sourire se fige et c'est à mon tour de bondir sur elle.

Olive est assise en face de moi et Marc en face de Luna, un bras posé sur le dossier de la chaise de ma sœur. J'ai une main posée sur la cuisse de ma chérie et je regarde ma sœur comme si un troisième œil lui avait poussé au milieu du front.

- Tu peux répéter ?
- Je suis enceinte de trois mois, dit-elle mi-heureuse, mi-inquiète.

Je regarde tour à tour Marc et Olive. Je ne sais pas comment réagir à cette bombe. J'ai tellement de questions à lui poser, les risques pour son cœur et…

- Comment ça a pu arriver ?

Ils se marrent tous les trois, tellement que ma question est idiote. Je sais très bien comment ça arrivé, Marc a… non, non, je ne peux pas imaginer ça. Je secoue la tête pour retirer les images qui effluvent ma tête.

- C'est une bonne nouvelle, non ? Demande ma chérie
- Bien sûr que c'est une bonne nouvelle, enfin pour nous. Ça va aller Lucas, tu es tout pâle ?

Marc se lève et disparaît un instant avant d'apparaître devant moi avec un verre de whisky.

- Ne m'approche pas, vu ce que tu as fait à ma sœur, l'informé-je en lui prenant le verre des mains.
- Oh, c'est qu'il mordrait, ricane mon ami.
- Lucas, ta sœur est enceinte, tu vas être tonton, réjouis-toi, me susurre Luna

J'avale mon verre de travers et elle me tapote le dos.

- Vous ne pouvez pas me faire ça, je ne suis pas prêt à avoir cet enfant.
- Relax, ce n'est pas toi qui vas l'avoir, mais nous rigole Olive.
- Tu es peut-être prête, toi ? Tu es encore une petite fille.

Cette fois-ci mes trois compagnons partent en fou rire, je les regarde avant de me joindre à eux, me rendant compte que je suis un peu stupide. C'est vrai que j'ai tendance à surprotéger ma sœur, maintenant, il est temps que je la laisse vivre sa vie. Je me lève et la prends dans mes bras avant de la féliciter et d'en faire autant avec mère-poule qui je sais fera un papa extraordinaire. Je vais être tonton et cette idée me réjouit autant qu'elle me fait peur.

J'ai passé une très bonne soirée avec Olive, Marc et ma petite chérie. Je m'attache de plus en plus à elle, elle est tellement parfaite. J'ai une chance incroyable de l'avoir dans ma vie. Nous rentrons chez moi, une main sur le volant et l'autre tient possessivement la main de Luna. J'ai un souris idiot sur le visage qui ne me quitte plus depuis l'annonce de la grossesse de ma sœur. Je ne l'ai pas embêté avec mes questions et mes angoisses, préférant la laisser vivre son bonheur pleinement. Le court trajet se passe dans un silence réconfortant. Le silence ne m'a jamais dérangé, mais cette fois-ci, j'avais envie de le briser.

- Tu en voudrais toi, tes enfants ?
- Oui, j'aimerais beaucoup avoir ma famille à moi. C'est un rêve de petite fille. Et toi ?
- J'ai failli avec Zophiel. Elle était enceinte quand elle est partie rejoindre son connard de meilleur ami. Elle l'a perdu en tombant dans les escaliers.
- Je suis désolée, mon chéri, me dit-elle en me serrant la cuisse.
- C'est mieux ainsi finalement. Pour répondre, j'aimerais beaucoup avoir des enfants.

Cette femme est vraiment parfaite, elle souhaite des enfants et avoir sa propre famille. Des papillons se déploient dans mon ventre, c'est une sensation étrange que j'apprends à ressentir. Je ralentis devant chez moi, mais je ne coupe pas le moteur et ne range pas la voiture dans le garage. Je regarde la silhouette sur mon porche qui attend probablement que je rentre. Un petit coup d'œil à l'heure affiché dans la voiture pour m'apprendre qu'il est 2 h du matin. Je n'ai pas forcément envie de voir Béa et l'envie d'accélérer et de fuir me submerge. La soirée est parfaite et j'ai peur qu'en descendant de la voiture, tout vole en éclat. Luna m'encourage de son regard bienveillant et un sourire qui me fait sentir plus fort que je ne le suis. Je décide de garer ma voiture et d'aller à sa rencontre. Je me remémore les dernières heures et cela suffit pour me booster à fond.

- Bonsoir Lucas,
- Salut, qu'est-ce que tu fais là Béa ?
- Je suis venue t'informer que Zophiel va sortir de l'hôpital psychiatrique. Elle n'est pas sortie d'affaire et elle va avoir besoin de soutien.
- Ce n'est plus mon ressort, je suis désolé. J'ai tourné la page et j'aimerais que VOUS en fassiez autant.
- Elle est borderline et elle nous a caché des symptômes.

Je reste un moment pantois, ne sachant quoi lui répondre.

- Zophiel se mutile, sa consommation d'alcool est importante et parfois, elle prend de la drogue. Enfin, son état est préoccupant.
- Alexandre et toi serez là pour elle, j'en suis sûr.
- Elle refuse d'être prise en charge si tu ne viens pas la voir.

Je suis abasourdi, je veux que cette femme sorte de ma vie, une bonne fois pour toutes. Luna reste silencieuse, mais je sens son soutien. Elle me prend par la taille et pose sa tête sur mon torse et je l'enserre de mon bras.

- Je suis vraiment désolé pour elle, mais c'est fini pour moi. Vous allez la convaincre.
- Elle nous a menacé de se suicider.

B É A

Je suis profondément touché par l'histoire de Zo et Lucas. Leur couple aurait pu fonctionner si mon ami n'avait pas tout foutu en l'air. Je suis heureuse que Lucas est trouvé une personne qui l'aime. En tout cas, il a l'air d'aller beaucoup mieux.

Zophiel a des circonstances atténuantes à cause de sa pathologie, borderline. Comment on a pu passer à côté et pourtant je lui avais dit plusieurs fois de consulter un psychologue. Je m'en veux, j'aurais dû insister davantage.

Après sa crise chez Lucas, un diagnostic a été posé, mais elle n'est pas sortie d'affaire si elle n'est pas plus combative que ça. Je suis inquiète pour elle et je sais que Lucas est la personne qui va la pousser à aller de l'avant. C'est un homme bon et généreux. Zo le réclame à cor et à cri et je suis la seule à pouvoir lui parler.

Cela fait des heures que j'attends Lucas devant chez lui et je suis enfin soulagée qu'il rentre. Je me lève, je m'aperçois qu'il n'est pas seul et je suis mal à l'aise de lui délivrer mon message. Son visage se ferme, je ne m'attendais pas à ce refus catégorique, je retiens les larmes qui manquent de m'échapper. Je croise les yeux de sa copine et elle ne me sera d'aucune aide. Je laisse Lucas en lui demandant d'y réfléchir. Il ne me promet rien, enlace la blonde qui l'accompagne et je tourne les talons. Une fois dans ma voiture, les larmes m'échappent, le poids de la situation m'écrase et je n'ai plus de ressource pour sauver ma meilleure amie.

Béa

Cela fait 15 jours que **Béa** est venue me supplier d'aider Zophiel et cela fait également 15 jours que je n'ai pas vu Luna. Je suis taciturne et me noie dans le travail pour ne pas penser à mon ex. Je ne suis pas de bonne compagnie et d'un commun accord, on a décidé de faire une pause le temps que je règle ça. Je souffre de son absence plus que je ne voudrais l'admettre. Cela me fait mal de ne rien faire pour Zophiel, mais le contraire est aussi vrai. Je n'ai jamais laissé personne dans la détresse, j'ai toujours été présent pour mes amis, mes petites amies et même parfois pour mes « ennemis ». Je ne devrais pas douter comme ça, elle a juste besoin de me parler pour se laisser soigner, mais cela me tord les triples. Je suis assis là, dans une salle d'attente, patientant qu'on me dirige vers une salle des visites. Je pourrais partir bien sûr, j'en ai envie assurément, mais mon besoin de voir Luna est bien plus fort. Il faut que ce soit la dernière fois, il ne faut pas qu'elle continue à me manipuler et il va falloir que je lui explique tout ça calmement. Le temps s'écoule lentement dans cette pièce lugubre, tout est vieux, décrépit et n'inspire aucune confiance. Une infirmière vient enfin me chercher et nous traversons un long couloir où des portes fermées jalonnent notre avancée. Je n'en vois pas le bout quand tout à coup, elle bifurque à gauche et tombe sur un sas. Elle passe son badge et on se retrouve enfermé dans une boîte en plexiglas. Une fumée envahit la boite, puis un bip résonne ouvrant les portes pour nous laisser sortir. La jeune femme me dirige vers une pièce sur ma droite et je rentre pour découvrir Zophiel. Elle a le teint pâle, les yeux cernés et rouges, elle a perdu beaucoup de poids et ses cheveux sont secs et en pagaille. J'ai l'impression qu'elle me regarde sans me voir, son expression est vide d'émotion. Je rentre et prends la chaise devant moi. Un homme est posté non loin derrière elle. Ses yeux se plantent un peu plus dans mon âme et un froid glacial m'envahit. Zophiel sourit d'une façon très étrange, un seul côté de sa bouche se lève au maximum.

- Bonjour Zophiel, comment vas-tu ?

Elle ne me répond pas tout de suite, semble goûter à mes mots, à l'intonation de ma voix puis réfléchis probablement à une réponse cohérente, mais cette dernière ne vient pas.

- Tu as souhaité me voir ? Est-ce que tu as commencé à prendre ton traitement ?

Je jette un œil vers le vigile derrière elle, mais il ne me regarde pas. Zophiel me fait froid dans le dos, ce sourire figé et son absence de parole. Je commence à me lever et elle me lance un regard chargé d'éclairs. Je ne sais pas trop ce que je dois faire. Je regarde le vigile, mais celui-ci m'ignore totalement. Je décide de partir, comprenant que je perds mon temps. Je range ma chaise et appuie sur le bouton pour demander à sortir. Une voix me parvient, mais vraiment basse et il me faut t'entendre l'oreille pour entendre.

- Elle va revenir, elle va revenir, elle va revenir… murmure Zophiel.
- Qui va revenir ? Regarde-moi Zophiel, regarde-moi.

Elle ne me regarde pas et ne me répond pas davantage. La porte s'ouvre avec fracas derrière-moi me faisant sursauter. L'infirmière de tout à l'heure vient me libérer. J'en profite pour la questionner sur Zophiel.

- Pourquoi, elle est dans cet état ?

- Nous lui donnons des tranquillisants pour qu'elle soit calme sinon elle est ingérable. Nous avons commencé le traitement pour son état borderline, mais elle ne les supporte pas, on a dû les arrêter.

- Je comprends. Elle n'arrête pas de dire « elle va arriver », vous savez qui ?

- Je n'en ai aucune idée. Si vous permettez, le médecin aimerait s'entretenir avec vous.

Je suis l'infirmière dans les dédales de l'hôpital et me retrouve dans le bureau du médecin de Zophiel. Je ne sais pas trop ce qu'il me veut, mais je n'ai pas d'autre choix que d'être présent.

- Bonjour, merci d'être venue. Les amis de Zophiel m'ont indiqué que vous aviez du mal avec la pathologie de ma patiente.

- Je ne comprends pas du tout, ce que je fais là.

- Monsieur, il est important qu'elle soit entourée de ses amis. Comprenez que son état est assez instable et qu'on cherche actuellement un traitement qu'il lui convient.

- Je suis sceptique, Docteur. Pouvez-vous me dire ce que cela implique sur son état borderline.

- Zophiel peut avoir une instabilité émotionnelle, passer de la joie à la colère par exemple ou de la tristesse à l'euphorie. Elle peut ressentir une peur intense de l'abandon qui peut l'amener à faire des crises, des menaces… Tout cela pour éviter la solitude et la séparation. Ces patients atteints de cette pathologie ont très souvent des relations chaotiques et des comportements impulsifs et / ou dangereux.

Pendant un instant, je ne dis rien et je me repasse notre relation. Son impossibilité de choisir entre Alexandre et moi, ses crises de jalousie, ses sautes d'humeurs, l'alcool qu'elle buvait à outrance, son comportement que je n'arrivais pas à toujours comprendre et sa fuite. Je regarde le médecin et toutes les pièces s'emboîtent.

- Est-ce qu'elle peut s'en sortir ?

- Ce n'est pas une maladie, mais un trouble. Nous allons l'aider à mieux le gérer, mais il faut qu'elle soit entourée de personnes bienveillantes.

- Malheureusement, docteur, je ne fais plus partie de sa vie.

Après l'entrevue avec le médecin, je retourne à ma voiture. Si je comprends bien mieux l'état de Zophiel, ses propos m'ont perturbé et je n'arrive pas à penser à autre chose... Un mauvais pressentiment me remonte le long de la colonne et me fait frissonner. Je quitte cet endroit de malheur sans un regard en arrière.

J'arrive chez moi déterminé à prendre une douche et me changer pour retirer l'odeur de désinfectant de l'hôpital psychiatrique. Serpentard me fuit depuis que Luna ne vient plus à la maison, je ne le vois ni entrer ni sortir. Il me boude. Je pourrais croire qu'il a disparu si sa gamelle de croquettes ne se vidait pas régulièrement. Je retire mon t-shirt quand un coup est donné à la porte. Je voudrais l'ignorer, mais celui-ci persiste. C'est donc torse nu que je vais ouvrir à l'impatient... enfin l'impatiente qui se trouve en face de moi. J'ai un mouvement de recul, ce n'est pas possible, c'est un cauchemar, je vais me réveiller !

- B'jour Lucas, je peux entrer un instant.

Lucie pénètre dans ma maison, regarde autour d'elle en faisant une grimace dédaigneuse et s'installe sur le bord du canapé. Je referme la porte, la boule au ventre, me dirigeant vers elle. Qu'est-ce qu'elle fait là ? Elle ne devrait pas être en prison ? Je sais à présent de qui parlait Zophiel.

- C'est très... masculin ici. Je ne me souvenais pas que tu avais arrangé ça comme ça, la dernière fois que je suis venue.
- J'ai fait des travaux. Qu'est-ce que tu veux ?
- Écoute, je ne vais pas te faire perdre ton temps, mais je voudrais que tu me cèdes tes parts de l'appartement.
- Carrément, que je te le donne ?
- J'ai mis pas mal d'argent dedans et tu y as vécu longtemps, ce serait un juste retour des choses.
- Non.
- Comment ça non ? Dit-elle en se plantant devant moi, tu n'as pas vraiment le choix.

- On a toujours le choix.

Lucie est tellement proche de moi que nos corps se touchent presque. Elle lève son visage vers le mien et un mal-être m'envahit. Je fais un pas en arrière mettant de la distance entre nous. Elle m'attrape la main, enjôleuse.

- Mon petit Lucas, tu devrais savoir qu'avec moi ton seul choix, c'est le mien.

Je retire ma main et lui informe que mon avocat prendra contact avec le sien. Celle-ci reste impassible, mais sous ce masque, je sens que la colère gronde. Je connais cette femme et je sais que ma réplique l'énerve et qu'elle s'attendait à ce que je plie. Il est hors de question que je lui donne satisfaction. Elle tente un dernier coup, en voulant m'embrasser, mais j'évite de peu son baiser. Cette fois-ci sa rage transperce et elle quitte ma maison en claquant la porte. Je regarde par la fenêtre et je la vois hurler comme une démone et donner des coups dans les pneus de sa voiture. Un sourire me fend le visage et décide de fermer ma porte à clefs ne voulant pas qu'elle décide de faire une nouvelle tentative.

Je suis dans les bras de ma petite chérie et je lui raconte la visite de mon ex-femme. Elle n'est pas très rassurée, mais je la réconforte, je n'en ai plus rien à faire de Lucie et Zophiel. C'est elle qui hante ma vie, mes nuits et mes fantasmes. Je l'embrasse passionnant, en lui promettant de prendre contact rapidement avec mon avocat.

Cela fait plusieurs mois que je suis officiellement avec Luna et peu à peu, je me libère et je lui ouvre mon cœur. J'espère que notre bonheur ne sera entaché d'aucun accro. Serpentard s'étend sur le tapis et vient se lover près de Luna. Je tends ma main pour le caresser, mais celui-ci me lance un tel regard que je la reprends C'est officiel ce chat ne m'appartient plus. Ma chérie le caresse distraitement et la bestiole ronronne de contentement. Je suis bien et détendu, j'ai l'impression d'avoir trouvé l'équilibre qui me manquait tant. Mon téléphone sonne rompant ce moment privilégié. Je l'attrape et le numéro est masqué, je ne réponds pas et raccroche. Il se remet aussitôt à sonner, je montre à Luna l'écran de mon cellulaire. Elle hausse les épaules et je réponds. Personne ne répond, juste un souffle, je mets sur hautparleur. J'insiste et je demande si quelqu'un m'entend. Je sais que c'est débile, mais je n'ai jamais eu ce genre d'appel. Le souffle se coupe, puis un rire envahit la pièce. Ce n'est pas un rire naturel, il est forcé et rien de joyeux. J'ai les poils qui se hérissent sur les bras et je vois Luna se frotter les manches de son maillot. Nous sommes tous les deux mal à l'aise face à la situation. Quand le rire s'arrête, on se regarde, se demandant ce qu'il va se passer. Un long silence qui n'est brisé uniquement que par nos respirations. Je me demande si la personne se sent bien, mes répliques sont toujours aussi pathétiques. Ce n'est ni un silence, ni un souffle qui me répond, mais une chanson. Celle-ci résonne dans la maison :

J'vais tuer mon mec, il m'faut un alibi.
Il m'prend pour une conne, il m'appelle habibi
Passe-moi un gun, des gants

Je ne laisse pas la chanson plus longtemps et je coupe avant d'appeler les flics, c'est clairement une menace de mort.

Le téléphone n'arrête pas de sonner, mais je ne réponds pas, les appels sont toujours anonymes. Je suis soulagé quand j'arrive à la gendarmerie. Je tombe sur Mademoiselle Grondin et je soupire sous les yeux surpris de Luna. Je lui explique brièvement la situation avant qu'elle n'arrive à notre hauteur. Je lui serre la main et elle nous fait entrer dans son bureau, non loin de là. Je me pose mon téléphone devant elle qui n'arrête pas de vibrer. Elle hurle après un de ses collègues qui disparaît avec mon téléphone. Il revient quelques minutes plus tard, le temps que Grondin me pose quelques questions, puis me demande de répondre.

Allô ?

Respiration

- Ce n'est pas drôle, vous savez ?

Rire

- Qu'est-ce que vous me voulez ?

Silence

J'interroge Mademoiselle Grondin du regard qui me dit de continuer.

- Répondez-moi, allô ?

La même musique envahit l'espace, mais bien plus forte que la dernière fois. J'enlace mes doigts à ceux de Luna et dépose le téléphone vers Grondin. La musique s'arrête à la fin de la chanson, personne ne bouge, ne parle, on se fige et là musique reprends. Je baisse le son et coupe le micro et nous reprenons l'interrogatoire. J'explique tout à Grondin depuis le début avec Zophiel, sa fuite, notre séparation, ses amis, sa pathologie, mon ex, jusqu'à ce coût de téléphone.

- Eh bien, on ne peut pas dire que votre vie soit un long fleuve tranquille.
- J'aimerais que ce soit plus calme.
- Votre téléphone est sur écoute et mes collègues vont essayer de tracer l'appel. Nous allons interroger vos ex's et puis nous vous tiendrons informé.
- C'est tout ? Quelqu'un veut me tuer !
- Ce n'est qu'une chanson, rien nous dit qu'il ou elle va passer à l'acte. Rassurez-vous, on va s'occuper de ça.

Luna et moi nous levons et sortons du commissariat, c'est vraiment dingue cette histoire.

Les jours se suivent et se ressemblent, mon téléphone ne cesse de sonner et j'ai décidé de l'éteindre pour de bon. J'ai investi dans un nouveau cellulaire et très peu de personnes ont connaissance de mon nouveau numéro. Il est inutile de tendre le bâton pour se faire battre. Mademoiselle Grondin ne me donne pas de nouvelle, je suppose donc que leur enquête piétine. De mon côté, je la contacte assez régulièrement, lettres de menace, pneu crevé, animal mort sur mon paillasson et j'en passe. Chaque fois, elle vient constater avec son équipe, mais jamais de preuves. Aujourd'hui, j'en ai assez de tout ça, je suis fatigué, je ne dors plus et je perds du poids à vue d'œil. Je crains pour ma vie, mais surtout, j'ai peur que cette cinglée, s'en prenne à Luna. Que ce soit Zophiel ou Lucie, je veux que ces deux femmes me laissent tranquille et que je retrouve une vie paisible. Ma chérie me propose de venir chez elle, cela fait un moment qu'elle insiste. Cette fois-ci, je n'ai pas la force de la repousser. Je suis dans ma chambre et je prépare mes bagages. Serpentard est sur ma commode, me regardant satisfait.

- Alors vieux, tu me fais plus la gueule ?

Pour toute réponse, j'ai le droit à un long miaulement. Serpentard saute sur mon lit et vient se frotter à mes mains. J'en profite pour le caresser et le prendre dans mes bras. Ces moments sont tellement rares depuis que Luna est rentrée dans notre vie. Je m'assois songeur, du chemin parcouru et surtout des épreuves que nous avons vécues tous les deux. J'ai adopté cette boule de poils, juste un peu avant d'avoir rencontré Lucie. Un ami avait retrouvé sa chatte pleine et il avait donné tous les chatons sauf celui-là. Le petit chat avait déjà son caractère et personne ne pouvait l'approcher et l'adoption était menacée. Il m'a proposé de le prendre vu que je n'étais que rarement chez moi. J'ai accepté plus pour lui rendre service, mais une réelle amitié est née. Quand je suis venu le chercher, Serpentard a commencé par feuler et sortir les griffes. Je n'ai pas essayé de le prendre, je lui ai fait sentir mon odeur et je l'ai laissé tranquille. J'ai bu un cappuccino et ensuite, je suis venu parler à ce fauve. J'ai pu le prendre et l'emmener chez moi. Son nom a été une évidence pour moi.

Lucie est entrée dans notre vie à petits pas, sans faire de bruit. Elle n'aimait pas beaucoup Serpentard qui lui rendait bien. Il lacéra ses vêtements, urinait dans ses chaussures et même une fois, il a fait caca dans sa valise. J'ai rencontré Lucie dans un bar, elle était seule avec son café et sa petite robe d'été jaune. J'étais juste à la table d'en face et ses grands yeux me dévoraient. J'ai été charmé par sa fragilité apparente et la douceur qui se dégageait d'elle. J'ai été l'aborder et nous avons passé des heures à discuter, sans voir le temps passer. Il était évident que l'entente était parfaite. Je me suis laissée avoir par ses grands yeux bleus, son rire cristallin et son sourire ravageur. Très rapidement, nous sommes devenus inséparables, sans vraiment mettre de nom sur notre relation, c'était simple et idéal. On avançait sans se poser de questions et puis un jour notre relation à évoluer. Je m'en souviens très bien, c'était lors d'une balade au bord de l'eau. Lucie se confiait comme souvent et me faisait part de son mal-être. J'avais appris à vivre avec et à être à son écoute, sans juger. Une routine qui lui faisait du bien. Ce jour-là, elle m'a regardé profondément et elle m'a juste dit que grâce à moi, elle allait mieux, que je lui faisais du bien. Dans un élan du cœur, j'ai posé mes lèvres sur les siennes et mes mains ont trouvé la douceur de ses cheveux. Elle a mis une micro seconde pour me rendre mon baiser et s'accrocher à ma chemise. Notre relation avait évolué et quelques mois plus tard, nous étions mariés. Tout s'est enchaîné très vite après le mariage, l'appartement et elle parlait bébé, mais il était trop tôt pour moi et elle n'était pas stable. Lucie piquait des crises, cassait tout, pleurait, suppliait, menaçait et quand elle n'obtenait pas ce qu'elle voulait, elle partait plusieurs mois sur un défilé, des photos… Elle revenait toujours souriante et faisait comme si de rien n'était, puis recommençait. La femme agréable, souriante était devenue incontrôlable et manipulatrice. J'ai demandé le divorce et elle ne l'a pas supporté, la suite, on la connaît.

Deux bras m'entourent par la taille et un baiser léger comme une plume vient effleurer la peau de mon cou. Cela a le don de me faire revenir au moment présent. Luna pose sa tête sur mon dos et je prends conscience de la chance que j'ai de l'avoir dans ma vie. Une relation facile, seine et bienveillante. J'aime ce petit bout de femme qui était là sous mon nez et que je n'avais pas vu. Je ferme mon sac et me retourne pour l'enlacer à mon tour. Sa tête se pose sur mon torse, j'ai besoin de la sentir encore plus près. Je niche mon nez dans son cou, je la respire plus que je ne devrais. Je suis accro à elle et je sais que ça peut mal tourner à chaque moment. J'ai besoin d'elle, c'est trop intense, cela m'effraie, je l'embrasse et elle frisonne. Mes lèvres remontent le long de sa mâchoire pour trouver les siennes. Je les picore tendrement avant de me laisser emporter par la passion qui m'envahit. Luna gémit, ses mains se font exploratrices sous mon maillot. Sa peau contre celle de mon ventre me fait l'effet d'un feu ardent. Elle détache ses lèvres des miennes et embrasse ma peau nue. Cela a l'effet d'une explosion dans mon corps. Je la relève, l'embrasse une nouvelle fois, lui retire ses vêtements sans ménagement et je m'arrête stupéfait. J'ai déjà vu son corps, plusieurs fois, mais à cet instant je la trouve tellement belle que je me fige.

- Il y a un problème, me demande Luna
- Aucun, tu es une pure merveille.

Luna me sourit et ses joues se colorent de rouge. Elle est irrésistible ! Je ne peux plus me contenir, je l'attire contre moi et je la dévore sans retenue. Luna retire mes vêtements aussi rapidement que j'ai retiré les siens. Serpentard se sauve et nous, on s'écroule sur le lit en faisant valser mon sac.

LUCIE

Je suis sortie de prison et je suis prête à reprendre ma vie en main. Cela commence avec mon appartement et la société de mon ex. Il est inconcevable que je ne récupère pas mes parts. L'argent n'est pas un problème pour moi, mais Lucas, oui.

Ce mec est une obsession pour moi, je ne pourrais jamais l'oublier, malgré toutes les choses qui c'est passée entre nous. Notre mariage a connu beaucoup de bas, mais les hauts étaient vraiment magnifiques. Il a fallu qu'il croise le chemin de cette Zophiel, qu'il s'en amourache… Quelle idée ! Moi, je suis là, il n'a pas besoin d'elle. Enfin, c'était avant que je découvre qu'elle aussi il l'a quitté comme un sac-poubelle pour une autre. Il m'écœure ! Je ne comprends pas pourquoi il joue comme ça avec les femmes. Lucas les envoûte, les rend accro et ensuite il se lasse et les lâche sans considération.

Je l'aime tellement que je suis incapable de lui en vouloir, mais je dois lui donner une leçon pour qu'il ne recommence pas. Je veux que notre couple soit solide et qu'on puisse faire un long chemin ensemble.

Lucas est un homme parfait, gentil, attentionné, présent et à l'écoute. Son seul défaut, c'est les femmes, malheureusement. Il a toujours été là pour moi et maintenant, c'est à mon tour de le sauver et d'être là pour lui.

Lucie

CHAPITRE 10

Ce jour-là, il est 11 h 30 et cela fait plus d'une heure que j'attends dans la salle d'attente de mon avocat. Une jambe posée sur l'autre, je commence à m'impatienter. Bénédicte, la secrétaire, vient régulièrement s'excuser pour le retard de Maître Fletcher. Elle est tellement mal à l'aise que cela me fait sourire. La porte s'ouvre avec fracas et laisse passer mon avocat. Fletcher Zack, avocat et célibataire endurcit. Préfère les coups d'un soir, plutôt que de s'engager. Au vu de sa tenue débraillée, il est inutile de poser de question sur son retard. Il me lance un sourire amusé en remettant une mèche de cheveux à sa place.

- Lucas, quelle belle surprise !
- Nous avions rendez-vous, lui dis-je tout sourire
- Allez on y va !

Je le vois faire signe à sa secrétaire de nous apporter deux cafés avant de rentrer dans son bureau.

- Alors que puis-je faire pour toi ?
- Lucie, dis-je simplement.
- Elle n'est pas en prison ?
- Il faut croire que non et elle veut que je lui donne ma part sur l'appartement. Tu crois que tu peux faire quelque chose ?

- Il faut que je remette le nez dans votre divorce, mais je pense que oui.

- Super, j'aimerais qu'elle me foute la paix. J'ai également reçu des menaces téléphoniques.

- Raconte-moi ça !

Je passe l'heure suivante à raconter à Zack, les appels incessants, la gendarmerie, les intimidations… mes soupçons sur Lucie et Zophiel. Finalement, mon avocat pense plus que c'est l'œuvre de mon ex-femme. Je soupire complètement dépassé par les événements. Zack me rassure et me dit qu'il prend les choses en mains avec la gendarmerie et cette histoire d'appartement. On se sert la main et avant de partir, je ne peux m'empêcher de le charrier

- Et cette fille, tu lui as au moins payé le petit déj ?
- Quelle fille, me demande-t-il ironiquement, en me tapant le dos. Je ne vois pas de qui tu parles.

Il ne changera jamais et c'est un peu plus serein que je quitte son cabinet.

Il est midi trente quand je rejoins Luna au restaurant. Elle m'attend un livre à la main, elle est rayonnante. Je ne vois pas ce qu'elle lit, mais ma chérie a un sourire aux lèvres. Luna n'a pas l'air contrarié de mon retard. Je m'approche d'elle et automatiquement ses yeux se posent sur moi. Je l'embrasse tendrement et m'excuse en lui expliquant le caractère de mon avocat. Toujours avec le sourire, elle range son livre et je ne peux m'empêcher de l'embrasser une nouvelle fois. Luna est solaire, sa joie de vivre et son dynamisme me rendent heureux. Le serveur s'approche et je lui commande une bouteille de champagne. Je suis heureux et je veux que ma chérie le sache. Comblé d'être avec elle, je savoure la chance d'être avec une femme aussi merveilleuse. Ses yeux pétillent de malice et son petit nez mutin frémi, je commence à la connaître et je sais qu'elle est tout excitée, mais pour quelle raison ?

- Bébé-cœur ?
- Oui ?

- J'ai quelque chose pour toi, m'informe-t-elle en sortant quelque chose de son sac. Une petite surprise pour fêter nos trois mois.

Je fais un rapide calcul dans ma tête, voilà déjà trois mois que je suis avec cette délicieuse créature. Le temps passe tellement vite à ses côtés. Je ne la regarde pas, je l'admire, je la dévore du regard. Je prends l'enveloppe qu'elle me tend. Je souris en pensant que je lui ai fait le même coup pour l'Albanie. Je l'ouvre et je découvre, deux clés, toute simple. Une avec une petite étiquette où c'est écrit "chez moi" et l'autre " chez toi ". Je suis surpris, je jette un coup d'œil à ma chérie puis aux clés et encore une fois à Luna qui est vraiment lumineuse. Dans ma tête, quelque chose cède et je comprends.

- Non, tu n'es pas sérieuse ?
- Si !
- Mais, mais…
- Dis oui, Lucas.

Les mots me manquent, je fais le tour de la table et je l'embrasse. Le serveur arrive et se racle la gorge pour nous séparer.

- Elle veut qu'on habite ensemble, dis-je au garçon.

Cet idiot me regarde sans rien exprimer, il rigole et se tape son calepin sur la cuisse. Il ne comprend pas le bonheur qui déborde de mon cœur. Luna est hilare et me regarde si heureux. Je l'attrape et la serre dans mes bras et je lui dis oui. Je la fais tournoyer entre les tables sous les yeux rieurs des clients. Moi qui suis si discret cette femme me fait faire des choses incroyables.

La semaine suivante, je descends des cartons dans la petite camionnette que nous avons louée. Olive et Marc sont venus nous prêter main forte. C'est aujourd'hui que ma petite chérie vient emménager chez moi. J'ai passé la semaine à préparer son arrivée, mais il est vrai que chaque soir Luna venait avec deux-trois cartons sous le bras. C'est une jeune femme modeste et qui ne possède pas grand-chose. Son déménagement va aller très vite. Je dépose les cartons et Olive me prend dans ses bras. Ma sœur commence à avoir un petit ventre rond, j'embrasse mon futur petit neveu ou nièce puis les joues de sa mère. Elle a une petite larme qui pointe au coin de l'œil. Je la chasse du pouce, les hormones doivent s'agiter. Je la serre dans mes bras et Marc se positionne derrière elle, comme pour la protéger. Olive mérite qu'un homme comme lui veille sur elle comme si c'étaient les joyaux de la couronne la plus précieuse au monde. Il ne peut être autrement, elle est merveilleuse et c'est une battante. Une fois la camionnette chargée, Marc monte à son bord avec ma sœur à côté. Luna et moi montons dans ma voiture et direction ma petite maison.

La journée se termine entre les cartons, les éclats de rire et les bisous baveux de part et d'autre. Je suis l'homme le plus heureux du monde. Un verre à la main, je tiens par la taille Luna, nous sommes dans le salon et nous regardons Olive imiter son gynécologue. Marc la couve du regard et est prêt à intervenir en cas de soucis. L'ambiance est joyeuse et bon enfant. Je propose à ma sœur et à son amoureux de rester avec nous pour manger. Tous les deux acceptent et je les laisse pour aller en cuisine. J'enfile un tablier, ouvre le frigo et en sors quelques légumes. Je commence à éplucher un concombre quand deux bras m'enlacent et qu'une douce odeur de caramel m'enveloppe.

- As-tu abandonné nos invités ?
- Absolument, dit-elle en riant. Ils sont partis faire un tour et puis-je me suis dit…

Elle laisse sa phrase en suspens pour me mordiller le lobe de l'oreille. Un frisson me parcourt et je lâche mon économe.

- Tu crois que tu pourrais être rapide ?
- Et toi ?

Je me retourne et emprisonne ma petite amie dans mes bras. Ses mains ne restent pas tranquilles et commencent déjà à me déshabiller. Je l'entraine avant qu'il ne soit trop tard dans notre chambre. Quand nous ressortons main dans la main, Olive et Marc nous attendent déjà dans le salon ?

- Vous n'êtes pas possible, de vrais animaux, rigole Marc
- Dis, celui qui a mis enceinte ma sœur.

Je lance un clin d'œil à ma sœur et retourne dans la cuisine.

La soirée se passe merveilleusement bien, je suis un peu ivre et je me sens complètement détendu. Olive et Marc sont repartis depuis peu. Je suis allongé dans mon lit avec Luna étendue près de moi. Sa tête sur mon ventre et ses pieds qui dépassent du lit. Je lui caresse la tête, songeur. Je respire et je m'aperçois que ma vie n'a jamais été aussi légère depuis que Luna y est entrée. Il est presque 1 h du matin et je n'ai pas envie de dormir. Luna fixe le plafond, l'air ailleurs.

- À quoi penses-tu ma chérie ?
- À nous deux, je suis tellement épanouie depuis que je suis avec toi. C'est comme si un rocher était partie de mes épaules. Je me sens légère.
- Je ressens la même chose. Je ne me suis jamais senti aussi heureux.

Luna se retourne, l'air étonné.

- Et avec ton ex-femme ?
- Jamais
- Et avec Zophiel ?
- Jamais

Elle me regarde choquée et je vois dans ses yeux que quelque chose cède. Elle m'embrasse et je peux ressentir tout l'amour qu'elle me porte.

- Je t'aime assurément, me dit-elle.

Je reste sans voix, ne m'attendant pas à une telle déclaration. Je passe mes mains dans ses cheveux et les larmes aux yeux, je lui murmure

- Je t'aime aussi.

Nous passons la nuit sans faire l'amour, tous les deux collés l'un près de l'autre. Je respire son odeur de caramel qui me suit dans mes rêves. Je suis enfin heureux et c'est sur cette pensée que je m'endors.

Les jours passent, Luna et moi trouvons notre routine toujours la même, c'est très réconfortant et rassurant. Ma chérie est indépendante et autonome, notre relation en est équilibrée. Je suis au bureau, le nez dans un dossier, essayant d'oublier durant quelques heures ma belle blonde. Isabella, ma secrétaire, frappe doucement et entre.

- Lucas, désolée de vous déranger, Maître Fletcher est là.
- Faites-le rentrer, Isabella, merci.

Je me lève de mon bureau, attache un bouton de ma veste et me dirige vers l'entrée pour accueillir mon avocat. Celui-ci me sert la main vigoureusement et je l'entraîne dans le petit salon.

- Tu es à l'heure aujourd'hui.
- Exact, cela fait, hilare, il regarde sa montre, 1 h 30 que j'ai quitté son lit.
- À qui ?
- Aucune importance, me dit-il en haussant les épaules.

Ce type n'est pas possible, il est avocat, il a de l'argent et il a toutes les belles femmes à ses pieds et il n'en a rien à faire. Même s'il les traite convenablement, il est clair qu'il ne s'embarrasse pas de leur prénom.

- Alors au sujet de Lucie, il est clair qu'elle peut te demander une compensation, car tu as habité dans l'appartement pendant plusieurs années.
- Mais, elle aussi. À chaque fois, elle revenait dans l'appartement après ses tournées.
- Au vu des documents que son avocat m'a fait parvenir, pas si souvent que ça. En fait, tu vas lui devoir une belle somme.
- Tu rigoles ? Cet appartement est aussi le mien.

- Qu'à moitié et encore. À l'époque, c'est elle qui a versé le plus d'argent dessus. Les comptes sont transparents là-dessus. On peut aller jusqu'au tribunal, mais je te le déconseille, ça te coûtera bien plus cher que ce qu'elle réclame.

- Combien veut-elle ?

- 15% de ta société en dédommagement et bien entendu, elle garde l'appartement.

15% de ma société, mais je suis dans un cauchemar. Il est hors de question, que cette garce touche à mon entreprise. Je me lève, en colère, tire sur mes cheveux puis va me servir un scotch. Je ne peux pas le croire.

- Sors-moi de là, il est hors de question que cette folle touche à ma société, dis-je en vidant mon verre.

Zack hoche la tête et sort des documents de sa valisette. Il me les tend, je pose mon verre sur la table et je les prends. C'est un rapport de police qui me confirme ce que je craignais. C'est Lucie qui est derrière les appels anonymes et les intimidations. Mon avocat sourit et ses yeux sont pétillants, cela signifie qu'il va me sortir de là et qu'il a déjà une stratégie.

- Voilà ce qu'on va faire : tu vas me rédiger un papier en quoi que tu ne portes pas plaintes contre elle si elle renonce à l'appartement et à ton entreprise. Si jamais cet accord ne lui convient pas, on ira au tribunal avec ce dossier. Et vu les preuves que les flics ont contre elle, c'est la prison assurée.

Zack est diabolique depuis le début, il savait très bien qu'on avait gagné d'avance et il m'a fait paniquer pour rien. Je le regarde un sourire aux lèvres et à cet instant, je sais pourquoi je l'ai engagé. Je lui tape le dos et lui propose un verre qu'il décline. Je me mets à mon bureau et j'écris mon attestation. Je la relis, la signe et la donne à mon avocat. Zack la glisse dans sa mallette et prend congé. Je sais qu'il va réussir à la convaincre, il ne perd jamais. C'est l'un des meilleurs avocats de la ville pour ne pas dire du département.

Il est 21 h et je m'étends dans mon fauteuil. Je ferme le dossier sur lequel je bûche depuis plusieurs heures et j'envoie un message à Luna. Celle-ci me répond qu'elle m'attend. Le sourire aux lèvres en pensant à la fin de soirée, j'éteins mon ordinateur et attrape ma veste posée sur le dossier. Le bureau d'Isabella est éteint et je ferme les lumières du mien, je suis dans la pénombre. Je vois assez pour ne pas me cogner dans un meuble, mais pas assez pour voir la silhouette qui me fait face.

- Isabella ? Vous avez oublié quelque chose ?
- Je suis désolée, Lucas, elle ne m'a pas laissé le choix, pleurniche la voix.
- Zophiel ? Qu'est-ce que tu fais là ?

Je me retourne pour allumer la lumière du bureau de ma secrétaire. J'ai à peine vu Zophiel en larmes que je reçois un coup violent sur la nuque. Je tombe au sol, ma vue se trouble et je vois deux chaussures d'homme. Il me tire par les cheveux et je le vois : Mathieu.

- Alors beau-frère, ça fait longtemps ?

Je cligne des yeux, ma vue ne revient toujours pas. Je suis choquée qu'est-ce qu'il fout là celui-là ? J'essaie de me débattre, la tête me tourne et mon cuir chevelu me brûle. Zophiel est prostrée au fond de la pièce et pleure. Par ma faute, encore une fois, elle vit une situation traumatisante. Je culpabilise de l'avoir entraîné là-dedans. J'essaie de me lever, mais je reçois un coup violent dans le dos. Mes poumons se vident et je reste un moment au sol sans pouvoir prendre ma respiration. Mathieu a lâché mes cheveux sous le coup de l'impact et j'entends ce rire si reconnaissant.

- Amour, amour, comme on se retrouve, dit Lucie en me tournant autour. Je m'ennuie, on va un peu jouer.

Je ne réponds rien, elle est partie dans un délire et rien ne pourra la faire revenir. J'essaie de trouver le regard de Zophiel pour la soutenir, mais elle est complètement repliée sur elle-même. Une lame de couteau passe sur ma chemise qui se déchire et je retiens un cri de douleur. Je sens le sang couler du haut de mon dos jusqu'en bas. Lucie rit et je tourne la tête pour voir où elle se trouve et je rencontre son escarpin. Trou noir !

Z A C K

Je suis l'avocat de Lucas depuis très longtemps. Je l'ai aidé quand il a demandé à être le tuteur d'Olive, puis pour son mariage, son divorce et maintenant contre son ex-femme. Lucas est plus qu'un client, un véritable ami.

Ce mec a toute mon estime et mon admiration. Lucas a toujours affronté les problèmes et les a assumés quand il était responsable. C'est un homme courageux et droit. Il ne mérite absolument pas ce qui lui arrive, même si lui aussi à des torts dans son mariage. Il n'a jamais fui et il est resté la tête haute. Ce grand sensible se laisse avoir par les femmes, mais cette fois-ci je le sens combatif. Son ex aurait pu garder l'appartement, il lui aurait laissé, elle n'aurait pas dû toucher à son entreprise. C'est une erreur qu'elle a faite, Lucas ne la laissera jamais prendre tout ce qu'il a construit.

Il m'est vraiment impossible de rester les bras croisés pendant cette nouvelle bataille. Je serais à ses côtés et nous gagnerons !

Zack

CHAPITRE 11

J'ai mal à la tête et au dos et je ne peux pas bouger. J'ai froid, je grelotte et la chair de poule a recouvert ma peau. Je suis allongé sur le dos, sur quelque chose en pierre ou en marbre. Je suis dans l'obscurité, je n'entends rien hormis ma respiration rapide. Je cligne des yeux plusieurs fois, j'essaie de voir où je suis, mais il semblerait que je sois attaché avec des cordes. Inutile de crier ou d'appeler au secours, cela les ferait venir plus rapidement. Je tire sur mes cordes et j'entends un cliquetis. Des pleurs se font entendre sur ma droite, je tourne la tête dans cette direction. J'aperçois une masse au sol, recroquevillée sur elle-même, Zophiel.

- Zophiel ?

Aucune réponse ne me parvient, je l'appelle encore et encore, mais elle est trop choquée pour me répondre. Je tire sur mes pieds et le même cliquetis se fait entendre. Je suis écartelé et je suis presque nu. Ma chemise est toujours là, mais ouverte et mon pantalon n'est plus accroché et la ceinture a disparu. Je ne sais combien de temps, je reste là, je parle à Zophiel essayant de l'atteindre à travers sa bulle. Je suis persuadé qu'ils ne l'ont pas attachée et je me demande comment ils l'ont persuadé à les suivre. Quand, je pense avoir atteint Zophiel, une porte s'ouvre et m'éblouit, je ferme les yeux. Des pas lents se rapprochent et la porte se referme en laissant juste un peu de lumière pour voir. Je tourne la tête et je me rends compte que j'ai perdu le contact avec Zophiel, est-ce que seulement, je l'avais eu ? Une main glacée se pose sur mes pieds nus et remonte sur mon pantalon. Le froid me saisit, mais je me retiens de crier, un simple gémissement m'échappe. La main monte et quand elle arrive à la peau de mon ventre, ce sont les ongles qui prennent le relais. La griffure est profonde et me lézarde jusqu'en haut du torse. Je serre les dents et une larme s'échappe. Lucie rentre dans mon champ de vision, un sourire triomphant sur les lèvres et un regard fou.

- Lucas, mon amour, tu aurais dû me laisser l'appartement et les 15% de ton entreprise.
- Relâche-moi, sale garce ! Tu n'auras jamais ma société.
- Pour le moment, pour le moment...

Elle sort de, je ne sais où un couteau, plutôt un poignard. Lucie joue avec affleurer ma peau sans l'entaillé, je retiens mon souffle. Je sais que tout peut déraper à chaque instant. Elle se penche sur moi et je peux sentir son haleine chargée de vodka. Je crains pour ma vie.

- Embrasse-moi, dit-elle, en essayant de poser ses lèvres sur les miennes.

Je tourne la tête et elle embrasse ma joue. Furieuse, elle entaille ma peau au niveau du pectoral. Le sang coule et goutte au sol. Je ne peux retenir un cri qui fait sursauter Zophiel. Le regard de cette dernière se plante dans le mien. Je vois dans son regard qu'elle est de retour et j'essaie d'y mettre toute ma conviction pour qu'elle nous sorte de là.

- Détache-moi et je t'embrasserai comme il faut.
- Tu me prends pour une conne ou quoi ?
- Lucie, supplié-je.

Son regard plonge dans les miens et elle se penche pour détacher ma main droite puis la gauche. Je me redresse, les pieds toujours entravés. Lucie fait quelques pas et dépose sa lame sur une table un peu plus loin. Je lance un regard suppliant à Zophiel qui hoche la tête. Lucie revient et je l'attrape une main sur la nuque et une autre sur la joue. Je caresse sa peau avec mon pouce, refoulant mon envie de l'étrangler. J'essaie de repousser le moment, le temps que Zophiel se mette en mouvement. Je l'attire un peu plus de moi, regarde ses lèvres puis ses yeux qui s'ouvrent en grand. Zophiel se tient derrière elle, un couteau à la main. Le corps de Lucie devient mou entre mes mains. Zophiel la tire en arrière et l'allonge. Elle l'a regardé un instant se vider de son sang et coupe mes liens. La griffure me brûle et la douleur causée par les deux coupures irradient dans tout mon corps. Je me mets debout, mais pour aller où ? Je ne sais pas où je suis.

- Tu sais où on est ?
- Dans une cave, je crois ou un sous-sol. Viens, il faut filer, tu peux marcher ?
- Je crois, mais j'ai mal.

Zophiel me regarde les étoiles pleins les yeux, mais je détourne le regard. Je l'apprécie, mais il n'aura plus rien entre nous. Elle m'attrape la main pour m'entrainer à sa suite, mais je la retire vivement. Je vois dans ses yeux la tristesse voiler son regard. Je murmure des excuses et je la suis.

Étrangement, on sort du bâtiment sans aucun problème. Je trouve cela étrange, mais je refuse de me poser plus de questions. Mathieu ne doit pas être loin et je refuse de passer entre ses mains dans l'état que je suis. Je connais le quartier, c'est celui de Lucie quand nous nous étions rencontrés. Je connais le chemin pour rentrer, mais à pied et dans notre état, la route va être longue. Nous marchons sur le trottoir sous le regard choqué des passants. Je regarde Zophiel qui a une chemise déchirée et tachée de sang ainsi que son jean. Sa lèvre est fendue et un hématome apparaît sur son front. Nous sommes dans un état à faire peur. J'avance lentement, la tête me tourne et ma vue se brouille. J'ouvre la bouche, mais aucun son ne sort et je m'écroule au milieu des passants.

Je ne sais pas combien de temps après, je me réveille par un déluge d'eau froide. Ma respiration se coupe, j'essaie de me protéger avec mes bras, mais ils sont retenus par des liens. Encore ? Ce n'est pas possible. L'eau cesse de couler et je cligne des yeux pour adapter ma vue. La première chose que je vois, c'est Mathieu campé sur ses jambes en face de moi, ce connard a réussi à me rattraper. Je suis debout les poignets et les jambes accrochés en croix. Ma chemise a disparu, mais ce fumier m'a laissé mon pantalon. Derrière lui, je vois Lucie étendue sur une table en pierre, celle où j'étais accrochée. Elle est pâle, plutôt blanche comme la mort. Une claque me fait tourner la tête et je croise les yeux furieux de Mathieu. Les oreilles bourdonnent et je mets un moment à comprendre ce qu'il me dit.

- ... Tuer. Elle t'aimait tant, hurle-t-il.
- Zophiel, où est-elle ?
- Ta protégée, c'est barrée. Tu comprends, c'est toi qui vas prendre pour vous deux.

Il sort une lame de sa poche arrière et m'entaille la peau du pectoral au nombril. La plaie est profonde, je ne peux retenir un hurlement et il me colle une beigne pour me faire taire. La tête me tourne, le coup était tellement puissant que je suis déboussolé. Il tourne en rond, retire ses lunettes, se frotte les yeux et me regarde d'un air mauvais avant de remettre ses lunettes. Mon cœur bat à tout rompre, je suis pris au piège, comme un rat et je n'ai aucun moyen de m'en sortir. Mathieu continue de me crier dessus, mais je ferme les yeux et perds connaissance.

Je prends une nouvelle douche, mais celle-ci ne se contente pas de me réveiller, elle manque de me noyer. Je recherche ma respiration, mais je ne la trouve pas. La terreur envahit mes yeux, je vais mourir, l'image de Luna vient se poser sur mes rétines. Je dois tenir le coup pour elle, pour mon neveu/ nièce à venir. Je ne peux pas mourir. Un coup de poing dans le ventre et ma respiration devient saccadée. J'essaie de me calmer et d'apaiser cette dernière, mais j'ai à peine le temps de me ressaisir que Mathieu frappe encore et encore. Je suis son punchingball. Je bloque mes abdos, mais très vite mes forces m'abandonnent. Je hurle de douleur, Mathieu cesse et on se fusille du regard tous les deux haletant. Il attrape une flasque et la porte à ses lèvres ; les miennes craquent, je suis certainement déshydraté. Depuis combien de temps suis-je prisonnier ? Mathieu fouille dans les tiroirs des meubles, claque les portes et je me rends compte que le corps de Lucie n'est plus là. Mathieu attire mon regard en s'approchant de moi. Il tient dans ses mains de longues bougies et de l'autre des allumettes. J'ai peur de ce qu'il va faire. Je ferme les yeux, refusant de voir, la torture qui m'attend.

- Je vais te tuer très très très lentement. Je veux que tu souffres comme tu l'as fait souffrir. Tu as détruit ma sœur pourtant elle t'aimait, elle. Tu entends ? Elle t'aimait !

Je ne réponds rien, il n'y a rien à dire et surtout pas à quelqu'un de dérangé et qui souffre. Mes paroles ne seront que mensonges à ses oreilles et n'apaiseront pas son chagrin. Il allume une première bougie, son attention est attirée par la flamme droite qui s'agite avant de rester immobile. La cire commence à couler le long et Mathieu s'approche de moi. Le sang de ma coupure coule encore et j'ai mal à chaque respiration. Il penche la bougie et une coulée de cire atteint mon ventre. Je serre les dents, mais je finis par gémir. Il relève la bougie et en allume d'autres. Finalement, ce n'est pas moins de 10 bougies qu'il a allumées. Il les a plantés dans un long bougeoir et je sais que le moment à venir ne va pas être agréable. Je ferme les yeux en pensant à ma belle Luna, ma sœur, Marc, leur bébé à venir et aussi ceux que je n'aurai pas avec ma chérie.

J'ouvre les yeux, juste au moment où la porte en bois vole en éclat. Des dizaines de lampes torches entrent dans la pièce. Des voix hurlent, mais je ne comprends rien. Mathieu s'est figé les bougies dans une main et les allumettes dans l'autre. Des gens envahissent la cave. Des hommes en noir me détachent et Mademoiselle Grondin se poste devant moi. Je cligne des yeux, un fin sourire étire légèrement mes lèvres et je perds connaissance encore une fois.

Quand je me réveille, je suis dans un lit, mes paupières sont encore lourdes, mais j'essaie de les convaincre de s'ouvrir. J'ai mal partout et je gémis, quelqu'un s'approche de moi et j'ai à peine tourné la tête que ma belle Luna est là. Elle a des cernes sous les yeux, ses beaux cheveux ne sont pas coiffés et son sourire est crispé. Je l'attrape par la nuque et je l'embrasse comme jamais. Je respire enfin, me refusant de la lâcher, je fais durer ce baiser où j'y mets tout l'amour que je lui porte. Elle gémit et je passe ma deuxième main sur sa hanche pour l'approcher plus, mais le lit nous sépare. Luna se détache de moi et je soupire. J'ai à peine lâché ma chérie que la porte s'ouvre pour laisser entrer Olive et Marc. Sur leur talon, une infirmière furibonde qui leur dit que je dois me reposer. Je souris faiblement !

- Putain, tu m'as fait tellement peur, me dit ma sœur en me serrant dans ses bras.

Je la regarde et sans rien dire passe ma main sur son ventre. Depuis quand est-il devenu aussi gros ? Le bébé me mitraille de coup, je retire ma main vivement, ma sœur rigole.

- Emma est contente de voir tonton Lucas.
- C'est une fille ?
- Ouais. Comment tu te sens frangin ?

Je hausse les épaules, j'ai mal partout, mais je suis vivant. Je ne veux pas inquiéter ma sœur, alors j'édulcore, elle n'a pas besoin de tout savoir. Mon attention est portée sur la belle blonde à côté de moi. Je visse mon regard à Luna et encore une fois, je me rends compte qu'elle est merveilleuse et que je ne voudrais me passer d'elle pour rien au monde. L'infirmière tape du pied et met tout ce beau monde dehors. Ma main reste dans celle de Luna jusqu'à ce que la distance nous détache. J'aime cette femme, putain, et ça me fait mal aux tripes.

Quelque temps plus tard, un médecin rentre dans ma chambre, tout de suite, je sais qu'il ne va pas être chiant. Il me pose les questions habituelles et m'ausculte. Heureusement, je n'ai presque rien, je suis costaud. Les entailles étaient moins profondes que ce que j'aurais cru. Un bandage m'entoure le torse pour maintenir les pansements. J'ai l'abdomen recouvert d'hématomes, mais finalement rien de méchant. La bougie a laissé une belle brûlure sur ma peau qui laissera une cicatrice. Les coups à la tête inquiètent le médecin et il m'envoie passer un scanner pour ne rien louper. Je passe l'examen et retourne dans ma chambre, accompagné d'un type qui pousse mon lit. Il est sympa et me raconte des blagues, mais chaque fois que je rigole, je grimace de douleur. Mon lit remit en place, je m'aperçois que Zophiel est assise dans un coin, serrant un petit sac sur ses genoux. Nous nous regardons et aucun de nous ose rompre le silence. Un sourire timide se dessine sur mes lèvres.

- Comment vas-tu ?
- J'ai réussi à me sauver, mais je t'ai abandonné.
- C'est toi qui as prévenu la police ?
- Oui, je leur ai dit où il te retenait. Je suis désolée, je n'avais pas le choix. Je n'avais vraiment pas le choix.

- Tout va bien, Zophiel. Je vais bien, tout est fini à présent.

Elle me regarde les larmes aux yeux et je peux sentir sa culpabilité et sa tristesse. Cette femme, je l'ai aimé, je l'ai tenue dans mes bras et je lui ai fait l'amour, mais aujourd'hui, je ne ressens qu'une amitié. Elle sèche ses larmes dans un mouchoir et se lève.

- J'espère que tu vas te remettre rapidement, Lucas, tu es un chouette type.
- Oui, ça va aller, je suis bien entouré.
- C'est le plus important.

Elle reste là immobile se balançant d'un pied sur l'autre, mal à l'aise. Elle triture son mouchoir et se lance.

- Tu accepterais que je te prenne dans mes bras ?
- Tant que tu me fais pas mal.

Zophiel m'enlace avec prudence et douceur. Je sens son odeur de fraise et de menthe et ça ne me fait plus rien. Elle s'écarte et je la retiens un instant pour l'embrasser sur la joue. Un sourire mouillé par les larmes illumine son visage. Elle récupère son sac et au moment qu'elle franchit la porte, Alexandre fait son apparition. Il entoure ses hanches de son bras et l'attire contre lui pour l'embrasser en haut du crâne. Je souris, il semblerait que ces deux-là se soient enfin retrouvés.

Luna arrive croisant Zophiel et Alexandre. Elle fronce les sourcils, inquiète, ne prend pas le temps de déposer ses affaires et m'embrasse comme pour marquer son territoire. J'adore ça !

- Ça va bébé-cœur ?
- Beaucoup mieux, maintenant que tu es là.

Je l'embrasse tendrement et lui fait une place sur mon lit d'hôpital. Elle dépose son sac et retire sa veste avant de venir se blottir contre moi. Je suis à présent entier et bizarrement, je respire mieux.

MADEMOISELLE GRONDIN

Ce mec n'arrête pas de se foutre dans le pétrin. Il serait temps qu'il apprenne de ses erreurs. C'est quoi ce type qui attire les cinglées. L'enquête de ses proches à relever un homme bien, très sensible et très protecteur envers sa sœur. Qu'est-ce qui peut bien faire pour rendre toutes ces nanas accros ?

Cette affaire a été très simple à élucider, grâce à son ex et à son avocat. Il ne m'a pas fallu très longtemps pour comprendre que Lucie et son frère étaient derrière tout ça. Lucas n'a pas d'ennemis, il est apprécié de tous, peut-être un peu trop. C'est louche, mais je n'ai rien trouvé contre lui, mais je reste sur mes gardes. Je ne serais pas étonnée qu'il lui arrive encore des pépins. Ce mec les attire !

En tout cas, je dois le remercier, car grâce à lui j'ai eu ma promotion !

Mademoiselle Grondin

C H A P I T R E   1 2

Ma tête va bien, enfin tant que possible vu les coups que j'ai pris. Le médecin ne voulait pas me laisser sortir, j'ai donc passé le reste de la semaine à l'hôpital. Je n'étais pas fâché quand Luna est venue me chercher. Je suis en arrêt de travail, cela me fait sourire vu que c'est moi le patron. Le médecin m'a dit que j'avais qu'à me le donner à moi-même. Je travaille un peu de la maison, je m'occupe comme je peux et surtout, je prends soin de ma petite chérie. Je suis seul à la maison avec seule compagnie Serpentard. Celui-ci est sur mes genoux et j'ai le droit de le caresser, j'en profite, Luna va arriver et ce sera terminé. Je passe mes doigts dans son poil soyeux, ce qui m'apaise immédiatement. Il faut dire que je suis assez nerveux de la soirée à venir. Luna n'a pas encore tournée la poignée que mon chat saute à terre. Je regarde la porte s'ouvrir, quelques secondes plus tard. Je soupire, allez mon Lucas, c'est à toi de jouer. Je me lève précautionneusement et quand je fais face à ma chérie, Serpentard est déjà dans ses bras. Sale bestiole ! Mon visage se fige et Luna relâche notre boule de poil.

- Il se passe quelque chose, Bébé-cœur ?
- Je crois que oui, mais je n'en suis pas certain.

Elle me regarde sans comprendre et retire sa veste avant de me faire face à nouveau. Je lui attrape la main et l'entraine dans le salon. Son regard est tout de suite attiré par le champagne, les roses rouges et blanches et le repas sous cloche. Quand ses yeux se posent de nouveau sur moi, j'ai un genou à terre. Elle a un hoquet de surprise et porte sa main à sa bouche, une larme perlant à ses yeux.

- Luna, ma chère et tendre Luna. Tu es la femme que j'attends depuis tout ce temps. Tu es essentielle à ma vie et à mon esprit. Je veux te protéger et t'aimer pour le reste de ma vie. Voudrais-tu m'épouser, lui dis-je, en sortant un écrin de ma veste.

Cette fois-ci, elle pleure vraiment et émue elle ne peut rien dire, elle se contente de hocher la tête et de se mettre à ma hauteur pour m'embrasser. Je sèche ses larmes et je la serre très fort contre moi. Elle est mienne et je suis le plus heureux de tous. Je lui passe la bague aux doigts et elle m'embrasse de nouveau. Cela ne fait pas un an qu'on est ensemble, certains diront que c'est précipité, mais moi je dis que je l'aime éperdument. Luna est mon soleil et ma lune, mon été et mon hiver, elle est ma nuit et mon jour et surtout, elle est essentielle à mon existence. Je ne suis pas épris d'elle, je suis complètement sous son charme et je suis envoûté. Luna, ma belle et merveilleuse Luna.

Je l'aide à se relever, je l'attire à moi et je ne veux que rien ne nous sépare. Je sèche une nouvelle fois ses larmes et je l'embrasse furtivement.

- Je suis l'homme, le plus heureux du monde.
- Je suis une femme comblée.
- Je pensais que tu allais refuser, cela ne fait que quelques mois que nous sommes ensemble.
- Je t'aime depuis toujours.
- Je t'aime aussi.

Nous scellons ces dernières paroles par un long baiser passionné qui devient brûlant de désir. Je la soulève et elle entoure ses jambes autour de mes hanches. À aucun moment, nos lèvres se désolidarisent et je prends la direction de notre chambre, mais c'est beaucoup trop loin. Arrivé dans le couloir, je la passe au sol et lui retire ses fringues, plutôt je le lui arrache. Je la plaque contre le mur et je l'embrasse du cou jusqu'à sa toison intime. Je lui relève la jambe et je m'active à la faire exploser en mille morceaux. Je me redresse, me léchant les lèvres et je ne la lâche pas. Elle pose sa tête contre mon torse. Je lui laisse le temps de redescendre et je la porte dans notre chambre sous son rire qui me plait tant. Je l'allonge délicatement sur notre lit et j'honore ma fiancée pour la toute première fois.

Le repas est froid et le champagne tiède, mais un sourire idiot élargi mes lèvres. Je me sens fier et heureux, cette femme me rends dingue. Je passe les assiettes au micro-ondes et Luna met le champagne au frais en prenant du vin blanc. On passe à table et une fois installée Luna a un sourire ravageur qui me transperce le cœur.

- Bébé-Cœur, moi aussi, j'ai quelque chose à te dire.
- Oui, je veux t'épouser, dis-je fier de ma blague, absolument.
- Ce n'est pas exactement ça m'affirme t-elle en se levant.

Je la vois s'approcher de son sac à main et sortir un petit sac. Je fronce les sourcils, songeur et inquiet. Elle dépose un stylo devant moi et elle garde une boîte vers elle. J'ouvre les yeux comme une soucoupe. Ce n'est pas possible, deux beaux traits bleus me font face. Je la regarde et elle a un large sourire qui fait fondre mon cœur.

- C'est une bonne nouvelle ?
- Absolument, me confirme-t-elle.

Je fais le tour de la table et la prends dans mes bras et la remercie encore et encore. Elle fait de moi l'homme le plus heureux et comblé du monde. Je ne peux m'empêcher de l'embrasser sur les lèvres, les joues, les yeux et le front. Ma petite chérie va faire de moi un homme nouveau, que dis-je, un papa. À cette idée, le rouge me monte aux joues, je souris de fierté. Je suis heureux et j'ai envie que tout le monde le sache. Je lâche ma fiancée et me précipite vers mon téléphone. Une sonnerie, deux sonneries…

- Allô?!

- Je vais être papa, tu te rends compte ? Il faut que tu viennes, dis-je excité comme une puce.

Luna rigole dans mon dos et je lui lance mon plus beau sourire.

- Tu veux que je vienne, mais pourquoi ?
- Je suis enceinte, déclaré-je dans la précipitation.
- Lucas, c'est impossible, se moque Olive.
- C'est Luna qui est enceinte, idiote. Bouge ton cul, ton mec et mon adorable petite nièce à venir.
- On arrive, rigole ma sœur.

J'enlace ma chérie et je lui promets des choses plus coquines, les unes que les autres. Elle rougit et cela me fait fondre. Je presse mon érection contre elle et elle me pousse sur le canapé. Je n'ai pas le temps de protester que ma chérie est déjà à califourchon sur moi. Elle me déleste de mon pantalon avec agilité et je lui arrache ses fringues pour la seconde fois. À ce rythme, elle devra vivre à poil et ce n'est pas pour me déplaire. Elle est magnifique quand elle prend les choses en main et je me laisse transporter par les vagues de plaisir que Luna fait déferler en moi.

J'enfile mes vêtements et Luna est partie dans la chambre pour trouver une petite robe.

- On est là, crie ma sœur en poussant la porte d'entrée. J'espère que vous n'êtes pas à poil, renchérir t'elle les mains sur les yeux.

Je la prends dans mes bras avec son gros ventre qui nous sépare.

- Je vais être papa, murmuré-je dans son oreille, les larmes aux yeux.
- Félicitations, mon frère !

Nous nous regardons, sans rien dire, nous laissant emporter par l'émotion. Je vois une larme perler à ses yeux et un sourire étirer ses lèvres.

- Tu es sûr que tu es prêt ?

- Absolument pas.
- Tu seras un papa formidable.
- Et moi, une maman qui déchire, déclare Luna.

Je relâche ma sœur et j'embrasse virilement Marc qui me tapote le dos.

- Bien joué, mec !
- On va être les meilleurs des papas, dis-je avec un sourire idiot.
- On trinque, propose Luna

On se dirige tous vers le coin salon quand mon regard est attiré par ma sœur. Je me précipite vers elle.

- Ça ne va pas ?
- Je crois que…

Une marre d'eau se répand à ses pieds. Elle lève les yeux vers moi surprise

- Je vais accoucher, termine-t-elle sa phrase.

Marc est stupéfait et ne réagit pas, puis l'information monte à son cerveau et il dégaine son téléphone pour appeler la maternité. Ma chérie accompagne ma sœur dans la salle de bain pour l'aider à se changer et moi tout sourire, je nettoie. En moins de 30 minutes, tout le monde est prêt. Marc me balance les clefs de chez lui pour récupérer le sac d'Olive et celui de ma petite nièce. Il m'explique dans les détails où les trouver et l'importance capitale que je leur apporte rapidement. Il aide ma sœur à monter dans sa voiture et il file droit à la maternité. Je prends le temps d'embrasser ma chérie et nous nous dirigeons vers ma toute nouvelle Cupra Born VZ. C'est mon nouveau jouet, une pure merveille bleue de 230CH électrique. Je prends un instant pour admirer ses courbes parfaites et sa couleur brillante. J'ouvre la portière pour faire entrer ma chérie et je fais le tour de la voiture en passant la main sur le toit. J'ai des frissons dès que je pose les mains sur le volant. Cette voiture est vraiment superbe.

Après un détour chez Marc nous voilà enfin à l'hôpital au service maternité. Olive se trouve dans une salle de naissance, alors nous ne pouvons pas y accéder. Je confie les deux sacs à une infirmière qui les donnera au futur papa. Pour nous commence, une longue attente, Luna assise sur une chaise en plastique, mes mains dans les siennes. Nous discutons de cette petite nièce qui arrive. Après un temps qui nous paraît interminable, nous entendons un cri. On se regarde se demandant si ce n'est pas la fin de notre attente. Une infirmière sort d'une salle d'accouchement, la mine sévère. Je me lève, le cœur battant au bord des lèvres. Luna à mes côtés passe un bras autour de mes hanches. L'infirmière s'approche de nous.

- Monsieur Vial ?
- Oui, dis-je la gorge nouée
- Je dois vous guider dans le bureau du médecin. Voulez-vous me suivre ?
- C'est ma sœur ?
- Suivez-moi, je vous pris.

Je ne comprends rien, les larmes me montent aux yeux et j'enlace ma chérie et nous suivons l'infirmière. Le couloir m'a l'air long, mais nous arrivons très vite dans le bureau du médecin. Son visage fermé et son attitude droite et pincée ne me dit rien qui aille. Il nous accueille et nous invite à nous asseoir. Nous attendons que le docteur s'exprime. Il retire ses lunettes et les nettoie avant de les remettre.

- Le cœur de votre sœur s'est emballé puis s'est arrêté durant l'accouchement. Nous avons réussi à le faire partir de nouveau, mais elle est très fatiguée.

Je reste figé, sous le choc, ce que j'avais craint été en train de se passer. À cause de Marc, ma sœur a failli mourir. Je serre les accoudoirs, mes phalanges deviennent blanches, mes lèvres sont pincées. Je suis sous le choc, ma petite sœur.

- Comment va-t-elle à présent, docteur ? Est-elle sortie d'affaire, demande Luna.

- Oui, elle va bien. Son état est stationnaire, elle a besoin de repos. Les visites ne sont pas interdites, mais ne vous attardez pas. J'ai fait venir son cardiologue pour une visite de contrôle et c'est lui qui prendra la main sur son arrêt cardiaque.

- Comment va la petite ?

- Très bien, c'est un beau bébé. Je vous invite à aller en salle de soin, elle doit y être avec le papa.

Luna se lève ainsi que le médecin, mais moi, je suis incapable de bouger. Mes mains sont crispées sur le fauteuil et je n'arrive pas à me détendre.

- Je suis désolée, dit Luna, pouvons-nous rester ici un instant ?

- Prenez votre temps.

Le médecin sort et referme la porte tout doucement. Luna s'approche de moi, s'accroupit à ma hauteur et m'encadre le visage de ses mains.

- Lucas, regarde-moi, tout va bien, elle va bien ainsi que la petite.

- Je vais le tuer, je te jure que je vais le tuer.

- Non, tu ne vas tuer personne. Il aime ta sœur et ce n'est pas sa faute. Tu vas souffler et on va aller voir ta nièce. Tu vas féliciter papa et ensuite, on ira voir Olive.

Je soupire, Luna m'embrasse et je lâche enfin les accoudoirs. Elle me prend la main et je me lève. Je n'arrive pas à ne pas en vouloir à Mère-poule. Je lui ai confié ma sœur, il devait en prendre soin. Elle a manqué de mourir ! Luna rentre la première dans la grande pièce et s'approche de Marc et de la nouvelle-née. Mère-Poule lui tend un petit bébé qu'elle prend dans ses bras et elle se retourne vers moi. Mon cœur explose sous cette vision, bientôt, ce sera notre tour. Luna s'approche de moi et mes yeux se posent sur ma petite nièce, elle est minuscule. Quelques petits cheveux roux parsèment son crâne, elle a les yeux fermés et serre fort les poings. Autour du poignet, un petit bracelet rose qui indique son prénom " Juliette". Ma sœur m'a menti et je suis heureux qu'elle lui a transmis le prénom de notre grand-mère. Une larme s'échappe, ce petit bout de ma sœur est parfait. Luna me la met dans les bras et je m'assois sur une chaise non loin en tenant maladroitement ce petit être que j'aime déjà plus que tout. Je chasse les larmes de bonheur qui coulent. Je reste un moment à regarder Juliette dormir et quand Mère-Poule s'approche, je l'embrasse sur le front avant qu'il ne me la reprenne. Nos regards se croisent, mais pris dans l'émotion, je ne trouve rien à dire. Juliette sur son bras, de l'autre, il me tape l'épaule, Marc est heureux et fière. Il embrasse la mini-Olive et va la remettre dans son berceau.

- Oli est dans la chambre 208. Si vous souhaitez la voir, je vais attendre ici avec Juliette.
- On y va, lui répond Luna.

Je ne sais pas pourquoi, je suis sans voix. Je suis ému et cela me paralyse. Nous arrivons devant la chambre de ma sœur, mais la lumière rouge au-dessus de la porte nous indique qu'un soignant est à l'intérieur. J'enlace ma Luna, plonge mon nez dans son cou et respire son odeur caramel. Le dos contre le mur d'en face, j'attends que le soignant sorte. Les minutes s'écoulent et je m'apaise sous la tendresse de ma fiancée. La porte finit par s'ouvrir sur le cardiologue de ma sœur.

- Monsieur Vial, Bonjour
- Bonjour docteur, comment va-t-elle ?
- Très bien.
- Son cœur ? Son arrêt cardiaque ?
- Je ne peux pas tout vous dire, secret médical, mais sachez que votre sœur est une battante et qu'après quelques jours de repos, elle sera sur pied.

Sans rien ajouter, le docteur s'éloigne et moi, je rentre dans la chambre de ma petite sœur. Elle est assise dans son lit, un immense sourire aux lèvres. Je m'approche et la serre dans mes bras. L'embrasse sur le front et lui demande comment elle va. Elle me rassure, fait quelques traits d'humour, mais elle se fatigue vite. Je l'enlace encore une fois, j'ai du mal à la lâcher et je l'implore de se reposer et que je viendrais la voir tous les jours. Ma sœur rit sous l'avalanche de conseils que je lui donne. On frappe à la porte et une infirmière arrive avec Mère-poule pour les installer pour la nuit. Une tape dans le dos de mon meilleur ami, un bisou à Juliette et je sors de la chambre.

De retour chez nous, je prends conscience de la vie que j'ai, de la famille que je construis et surtout du bonheur que j'ai. Luna, ma princesse, ma reine qui porte mon enfant est la cerise sur le gâteau. Je vais en prendre soin, la préserver et l'aimer à ne plus savoir mon nom. Je vais la faire mienne, la posséder pour que rien ne mal ne lui arrive. Cette femme imparfaitement parfaite me regarde un sourire en coin. Mon cœur lui appartient et j'en suis bien heureux. Il est presque 5 h du matin, je prends la main de ma chérie et l'entraîne dans notre chambre et je lui fais l'amour, tout en douceur. Nous nous endormons enlacés l'un contre l'autre, repus de l'autre et épuisés.

LUNA

Lucas est le fiancé le plus merveilleux du monde. Il est inutile que je décrive l'homme merveilleux qu'il est. Il m'est encore plus insupportable de savoir par quoi il est passé, tout ça à cause de cette femme. Je lui en veux d'être entrée dans la vie de mon chéri et de lui avoir attiré tous ces ennuis.

Zophiel est peut-être borderline, cela n'excuse en rien les problèmes qu'elle nous a attirés. Je nourris une rancœur envers elle et surtout une haine sans limites. Je ferais tout mon possible pour protéger mon homme de cette horrible bonne femme. Je ne la laisserai pas détruire notre famille.

Je ne crois pas un seul instant qu'elle vit le bonheur absolu avec son mec. Il y a quelque chose de faux dans leur couple, quelque chose qui me dérange fortement. Lucas ne croit pas en mes soupçons et pense que je suis jalouse. Je lui prouverai le contraire quoi qui m'en coûte.

Je suis assis dans le jardin en compagnie d'Olive, Marc et de la femme de ma vie, Luna. Nous regardons Juliette et Marie jouer dans le bac à sable. Ma fille n'a que cinq mois d'écart avec ma nièce. Elle est née prématurée, à sept mois de grossesse, mais c'est une battante ! Les deux chipies ont trois ans et nous gonflent le cœur de bonheur. Ma sœur est de nouveau enceinte et nous la couvons comme le lait sur le feu. Son cardiologue, nous assure qu'elle va bien, mais j'ai eu tellement peur la nuit de la naissance de Juliette que je n'arrive pas à me détendre. Marc est dans le même état d'esprit que le mien. Ces deux-là sont plus amoureux que jamais et vivent un bonheur sans tache.

Le baby phone laisse échapper des " araeuh " et je me lève pour aller chercher Martin, mon fils qui se réveille de sa sieste. En passant, j'embrasse Luna sur la tête et je file le chercher avant qu'il s'impatiente. Émerveillé, je le regarde s'agiter dans son petit lit. Je le soulève et le pose contre moi.

- Alors mon fils, prêt pour découvrir le monde, lui dis-je en respirant son odeur de bébé que j'aime tant.

Je rejoins les autres avec un biberon de lait maternel dans une main et mon fils qui tend les bras vers ce dernier. Je m'installe et lui donne son repas qu'il tète avidement. Je me rends compte que je suis heureux et que le bonheur a envahi ma maison.

É P I L O G U E 2 : Z O P H I E L

Je suis assise à mon bureau, les affaires fonctionnent toujours aussi bien grâce à Myrtille qui s'est chargé de faire tourner la boite. J'ai pris le temps de me faire soigner et grâce au traitement que je prends je me sens plus équilibrée. Béa est revenue en France pour m'épauler et j'ai fait la connaissance de son mari. Sans elle, je n'aurais jamais pu tenir le coup. On frappe à ma porte et Alexandre rentre dans mon bureau. Mon sourire illumine mon visage.

- Est-ce que ma femme et mon fils sont prêt ?

Je lui réponds que oui, tout en caressant mon ventre de sept mois de grossesse. Alexandre m'a mis la bague au doigt, j'ai cessé de lutter contre mes sentiments et tout est beaucoup plus simple. Je suis une femme comblée, épanouie et heureuse.

Je fais le tour du bureau et découvre un bristol accroché à un lys. J'interroge mon mari qui secoue la tête. Bristol vierge, je hausse les épaules et prends le bras qu'Alexandre me propose.

Choisir n'est pas forcément renoncer, c'est prendre le chemin qui nous est destiné !

REMERCIEMENTS

La première personne que je souhaite remercier, c'est ma binôme depuis le début de cette magnifique aventure, Évelyne. Pour rien au monde, j'échangerai nos fous rires, nos délires et nos discutions autour de nos relectures. Précieuse à mes yeux, sans toi, ce livre ne serait pas ce qu'il est aujourd'hui. Merci à toi pour ta patience et tes talents de correctrices.

Ensuite, ma fille, Ophélie pour ses relectures et sa vigilance à chaque paragraphe. Je te remercie également pour ton travail autour de la couverture de ce roman et des marques-pages. Merci à toi pour ton soutien et tes encouragements à chaque fois que je faiblis.

À mon mari, qui a toujours cru en moi.

À vous mes lecteurs, à nos échanges, nos discutions autour de mes livres. À votre bienveillance et vos compliments ! Merci à vous d'avoir lu ce nouveau tome.

À très bientôt !

Votre Melly